CORTES DE UN MISMO ACERO

CASOS CRIMINALES COMPLEJOS
LIBRO SEIS

RAÚL GARBANTES

Página web del autor:
www.raulgarbantes.com

amazon.com/author/raulgarbantes
goodreads.com/raulgarbantes
facebook.com/autorraulgarbantes
x.com/rgarbantes

Obtén una copia digital **GRATIS** de *Miedo en los ojos* y mantente informado sobre futuras publicaciones de Raúl Garbantes. Suscríbete en este enlace: https://raulgarbantes.com/miedogratis

ÍNDICE

PARTE I

FRAGMENTO DEL DIARIO DE
MARTÍN POOL

¡He debido pensarlo antes! Estaba allí, tan cerca. Veinticinco años de mi vida tras los escritos y al fin los he hallado. Esto cambiará el curso de la historia, sin duda. Al menos de la mía. Muchos dicen que uno no debe escribir pensando en quiénes lo leerán, sino para uno mismo. Eso es lo que hago siguiendo la tradición que he estudiado. Eso hacía el colonizador y también antes, y antes, y antes de él. Todos han mantenido las ideas fijas y ellas han servido de orientación no solo en los ritos, sino en la forma de relacionarse, de escoger parejas, de dejar vivir o matar a sus propios hijos. Lo sencillo y lo complejo ha venido sucediendo a la luz de tales ideas. Puedo decir sin lugar a dudas que todo lo importante que ha pasado en la historia de la humanidad ha tenido que ver con estas ideas que han sabido permanecer ocultas siglos y siglos. Y ahora, yo las difundiré. Las cosas han cambiado. Tengo que pensar muy bien cómo hacerlo, por dónde comenzar. Y sobre todo cuidarme de ellos, de quienes resienten el brillo. Sé que me está siguiendo, las miradas no mienten, y los ojos hambrientos de fama y poder tampoco lo hacen. He detectado esa esencia en su mirada. Debo irme con cuidado. Porque el observador está allí, succionando mis ideas, mi creatividad. Así lo llamaré, el «Observador».

Martín no podía creerlo.

¡Por fin había logrado juntar todas las piezas del rompecabezas!

Le había costado más de diez años de estudios y noches de insomnio, pero al fin había dado con el núcleo de las ideas. Aún le quedaban años para continuar investigando. Estaba explorando una filosofía oculta durante siglos, el esqueleto de muchas ideas que hoy se consideraban nuevas; y él, el investigador y profesor Martín Pool, había dado en el clavo.

Caminaba por el pasillo del Salón Mattison, recordando la primera vez que estuvo allí. Le habían ofrecido el trabajo de sus sueños. La propia Myrna Mattison, heredera del magnate del asbesto, el asfalto y los rieles, Wallace Mattison, lo recibió. Desde ese momento, supo que la suerte le había sonreído.

Vio la placa conmemorativa de la reconstrucción del salón y el rótulo en la puerta: «Estación de radio 1950».

Aquel lugar era una mezcla increíble de épocas y pensamientos. Sobre todo, de ideas que acompañan a las épocas y que solo él podía comprender. Para eso había estudiado toda su vida, para comprender.

Desde niño le había gustado mirar desde lo alto a los demás. Ahora sentía de nuevo esa sensación de conquista que venía con su reciente descubrimiento, uno que dejaba en mala posición a sus detractores.

Suspiró.

Continuó su camino por el corredor que daba acceso al Salón de Música y al Salón de Ciencias Militares.

Apuró el paso. No quería llegar tarde a la cita. Pasó junto a la Sala de Computación y llegó a su destino. Se detuvo frente a la puerta de la antigua biblioteca del Salón Mattison y la empujó.

Allí estaba una persona, esperándole.

—¡Lo he encontrado! Aún no me lo creo —exclamó Martín Pool.

—Tenías que hacerlo. Si alguien se lo merece, eres tú —respondió la persona.

—Sabes que esto no es cuestión de merecimiento. Muchos otros antes que yo se han esforzado más y no han obtenido nada a cambio. Se necesita, además, intuición y una dosis de obstinación superior. Es verdad que no hay quien me gane. Siempre supe que era posible hallar la prueba —respondió Martín mientras caminaba en el interior de la biblioteca.

No se dio cuenta de que la única iluminación provenía de una lámpara de gas que la persona había colocado en la mesa, alrededor de la cual se sentó. Su emoción era tal que no percibía muchos detalles del entorno.

—Ahora solo debe imaginar cómo será el futuro, lleno

de laureles. Eso es seguro… —respondió la persona. En ese momento, sacó algo del bolsillo de su abrigo.

—No entiendo por qué me has citado aquí en mitad de la noche, pero creo que debe ser parte de la propuesta dramática que tienes en mente —dijo Martín.

En ese momento, ya estaba junto a la silla que la otra persona ocupaba.

Se sentó y sonrió.

—Siempre la clave estuvo allí, ante mis ojos, y creo que tardé mucho en verla. Tenía que pensar en el tiempo de la turbación. Y tantas veces que hablé de eso en las conferencias, pero no fui capaz de retrotraerme al momento original, al primero, que hoy he confirmado, el origen de todo. Y entonces logré poner cada cosa en su lugar: cada elemento condensado… porque esto es la condensación de la naturaleza humana en su esencia, el antiguo deseo de aplastar los engranajes para ascender, las medidas humanas retomadas en la Edad Media, y luego en el Renacimiento. Pero ellas nos siguen descifrando. Y ellos han llevado adelante esta historia de la humanidad oculta y paralela.

El hombre hablaba emocionado, y sus ojos brillaban.

La persona que lo escuchaba experimentaba un gran placer al oírlo. Apretaba con fuerza el objeto que sostenía en su mano derecha.

—¿No sientes frío? —preguntó de repente.

—No. En realidad, estoy tan emocionado que ahora no sentiría nada —respondió Martín Pool.

La otra persona sonrió.

Martín se quedó mirando la llama de la lámpara de gas y muy tarde comprendió su significado. Miró con terror los ojos de quien lo acompañaba, pero nada pudo hacer.

La persona, con un movimiento rápido, utilizó una

pistola de dardos y disparó uno al hombro de Martín Pool. De inmediato, Pool sintió calor en el brazo, en la mitad de su cuerpo, y luego perdió el sentido.

En la madrugada hallaron el cuerpo del prominente historiador local Martín Pool. Su cadáver mostraba una disección craneal. La parte superior de la cabeza estaba cercenada, dejando al descubierto la masa cerebral. Su cuerpo yacía en el centro de un círculo de piedras plomizas, rodeado por símbolos de forma circular dibujados con su sangre. La escena del crimen emanaba un frío inexplicable. Los agentes policiales lo percibían, pero ninguno lo comentó. Un antiguo reloj de sol, ubicado en la zona boscosa del Salón Mattison, marcaba una hora fija.

La agente policial Orla Dermody lo notó al llegar al lugar.

2

ANNE SACUDIÓ la cabeza y se frotó los ojos. Estaba demacrada.

Debíamos llegar al Salón Mattison, en las cercanías de Zeandale, cuanto antes.

—No dormí muy bien. Mickey ha pescado un resfrío… En fin, que tampoco entiendo el misterio que se trae entre manos la jefa Tonny. ¿Cómo que debemos colaborar con el FBI? ¿Y por qué? Esto es muy extraño, Alexis —reconoció Anne.

En realidad lo era. La jefa Tonny nos había ordenado que fuéramos a ese lugar hacía un par de horas. El asunto era tan importante que había dispuesto un avión privado para que antes del levantamiento del cadáver nosotras llegáramos. Había aclarado que se trataba de una solicitud del FBI y que luego nos explicaría. «Hay que contribuir y apoyar al Buró», había dicho.

—Vamos a aterrizar en la pista junto al bosque y cerca de la reserva. La pista de aterrizaje es propiedad del Salón Mattison. Cosas de gente de mucho dinero, sin duda —

expresó Anne al tiempo en que tocaba la parte de atrás de su cuello y movía la cabeza de un lado a otro.

El Salón Mattison era una edificación con forma de castillo, situado en Kansas a dos horas de camino en coche desde Wichita. Se trata de un instituto que antes pertenecía a la Universidad de Kansas, pero que en 1909 fue vendido a la familia Mattison. Esta mantuvo la naturaleza educativa de las instalaciones. El emporio Mattison inició prácticamente con la fundación de la nación, y de generación en generación habían invertido en diversos negocios, lo que les permitió conservar su riqueza. La actual directora del Salón Mattison era la nieta de Wallace Mattison, magnate del asbesto, el asfalto y luego del acero.

Lo que yo me preguntaba era por qué habían asesinado a un hombre de la forma como lo hicieron en ese lugar. Me parecía que la elección de la escena llevaba consigo una importancia que debíamos descifrar más temprano que tarde.

Llevaba conmigo una copia impresa con lo levantado hasta ese momento sobre la víctima y la escena.

La miré por segunda vez. El vuelo duraría quince minutos y quería llevar la mente despejada. Tampoco había dormido bien aquella noche, y no me explicaba por qué.

Cuando recibí la llamada de la jefa Tonny, me encontraba despierta e inquieta.

—El profesor de Historia Medieval Martín Pool... — dijo Anne en voz baja. Pronunció «historia medieval» de forma particular, diferente.

La miré. Comprendí lo que estaba temiendo.

Anne sabía de la oscuridad. Yo se lo había contado. Y ni ella ni yo podíamos desprendernos de la idea de que el asesinato que debíamos investigar en el Salón Mattison tenía que ver con ella. Anne sabía lo del *Hombre de Vitruvio*, y las monedas. Aunque la conocida ilustración de Leonardo da Vinci databa de 1490, sabíamos que Vitruvio era un arquitecto de la antigua Roma. Aquella referencia a la historia y lo que sabíamos de la dantesca escena del asesinato de Martín Pool nos llevaba a relacionar los hechos.

Era como si la propia oscuridad quisiera llevarnos allí a nosotras dos.

Así que Anne no solo estaba demacrada. En ese momento la miré mejor. Me fijé más en sus ojos y no en sus ojeras. Anne estaba asustada.

3

―¿POR qué crees que nos han llamado a nosotras, Alexis? ―me preguntó, manteniendo con la suya mi mirada.

―Como tú, creo que esto tiene que ver con la oscuridad, Anne. Pero no sé por qué la jefa nos encargó esta colaboración con el FBI ―le respondí.

―Pues veremos. Tal vez no tenga nada que ver con esa secta, con esas personas..., pero sí que es rara la escena. Esa trepanación, la posición del cuerpo y los símbolos ―completó.

―No los había visto antes ―declaré.

En ese momento, tomé el reporte de la entrada a la escena del crimen levantado apenas horas antes. La oficial de policía de Kansas Orla Dermody la había firmado. Incluía fotos de la escena. Podía verse a un hombre tendido decúbito supino con los brazos extendidos a los lados del cuerpo, pero dispuestos en ángulos diferentes; uno más elevado, a la altura de la cabeza, y otro formando un ángulo más cerrado, quedando extendido a la altura del tórax. Con las extremidades inferiores sucedía lo mismo; la izquierda haciendo un ángulo más abierto y la derecha prácticamente sin ángulo alguno en relación con el torso. Por ello, tanto Anne como yo habíamos recordado al *Hombre de Vitruvio*, porque eran ángulos y posiciones similares a las mostradas en esa imagen.

Además, en la cabeza de Martín Pool se apreciaba una trepanación, y esta era la parte más repugnante de la escena.

A su alrededor podían verse varias piedras planas grises, oscuras, ocho en total; y entre ellas, unas figuras presumiblemente hechas con sangre de la víctima. Se trataba de figuras circulares. Parecían símbolos, pero no conocíamos su significado. Esperábamos que el FBI pudiera saber algo más al respecto.

—Lo que me parece más extraño es que el FBI nos necesite. Pregunté si se trataba de Hans Freeman, o de Julia Stein, pero la jefa Tonny me dijo que no. Debemos buscar a una agente llamada Judy Holden —completó Anne y luego miró por la ventanilla.

En ese momento, el avión se movió y la luz indicativa de abrocharse el cinturón se encendió. Atravesábamos una fuerte turbulencia.

—¡Madre de Dios! —exclamó Anne y tocó su medalla con la mano izquierda. Con la derecha, oprimía el borde del apoyabrazos de su asiento.

Esa asimetría entre sus brazos me hizo pensar en el *Hombre de Vitruvio*, en el cadáver de Martín Pool. ¿Qué era lo que quería decir el asesino al dejar el cuerpo con las extremidades en diferentes posiciones, rompiendo la simetría?

Algo asimétrico, algo en movimiento..., esas fueron las palabras que aparecieron en mi cabeza.

La turbulencia pasó tal como llegó, de repente. Pero luego sucedió algo más.

4

La aeronave comenzó a sacudirse de forma violenta. Una alarma comenzó a sonar.

El avión descendió varios metros de manera brusca. Anne lanzó una exclamación y luego cerró los ojos con fuerza.

Se trataba de un avión pequeño para capacidad de dos personas, de unos cinco metros de largo más o menos. Adentro solo estábamos el piloto, el copiloto, Anne y yo. Ellos no decían nada. Si lo hubiesen hecho, los hubiese oído. Volteé para verlos. Necesitaba comprender la situación.

El aparato parecía caer en picada.

—Dios…, no puedo morirme ahora —dijo Anne. Toqué su brazo. Pensaba en sus hijos. Quería verlos crecer.

—Esto no va a caerse, Anne. Tranquila —le dije.

Miré por la ventanilla. No logré ver nada, solo un manto blanco muy denso.

El capitán se dirigió a nosotras.

—Estamos atravesando un área de turbulencia fuerte

que los radares no detectaron. Esto sucede con las llamadas turbulencias de aire, claro, pero en este caso, no ha sido así. Ha aparecido nubosidad de improviso. Sin embargo, nada nos hace correr peligro —concluyó.

Yo lo sabía. De alguna manera estaba segura de que nada malo pasaría, pero la situación era desagradable. Sobre todo porque Anne me contagiaba su miedo. No podía dejar de sentirlo. Ya no la tocaba, pero de igual forma, lo experimentaba.

Transcurrieron diez segundos más de turbulencia. Pareció una eternidad. Anne continuaba con los ojos cerrados y yo llevé mi vista hacia la ventanilla. Aunque no podía ver nada, prefería mirar hacia allá.

Cuando la turbulencia pasó, la alarma dejó de sonar. Y Anne suspiró.

—Por lo menos no cayeron las mascarillas frente a nosotras. Eso habría puesto la situación todavía peor —dijo Anne en un intento de broma. Parecía recuperada.

La miré y sonreí.

De nuevo el piloto se dirigió a nosotras, para informar que había comenzado la maniobra de aterrizaje.

En ese momento experimenté muchísimo frío. Era como si estuviéramos en un refrigerador.

Mis manos temblaban y mis dientes chocaban entre sí.

—¿Te pasa algo, Alexis? —preguntó Anne—. Estás blanca como una hoja de papel. ¿También te asustaste?

—No es eso. Tengo mucho frío —le respondí.

Sentía que estaba dentro de una laguna helada.

5

Bajamos del Beechcraft, que era el tipo de avión en el que viajamos. Al iniciar el vuelo lo había dicho el piloto.

Nos hallábamos en medio de un bosque nublado. La pista de aterrizaje, construida solo para aviones pequeños, se situaba en algún lugar entre Zeandale y la ciudad de Delia, en el condado de Jackson. A pesar de que estábamos en octubre, la temperatura era bajísima, como si estuviésemos en pleno invierno.

—Ahora yo también me muero de frío —confesó Anne.

Por un momento no sabíamos a dónde debíamos dirigirnos. No había amanecido aún y parecía que una vez fuera de la iluminación que brindaba la pista de aterrizaje nos hallaríamos en medio de una increíble oscuridad.

Yo pensé que el Beechcraft levantaría vuelo de inmediato, pero no lo hizo. Al contrario. El copiloto bajó también de la aeronave y se detuvo junto a nosotras.

Antes no había reparado en él.

Se trataba de un hombre bajo, de cara amable y cuerpo

rollizo. Sus ojos eran color miel y llevaba una barba tipo candado muy cuidada.

—Soy Wallace Lexus. Las llevaré al Salón Mattison —dijo con voz grave.

«Wallace», «Wallace»... ¿Por qué ese nombre me molestaba? No lo comprendía. De repente experimenté como si fuese una amenaza estar con él, como si detrás de su disfraz de copiloto, o de tal vez miembro del FBI, hubiese otra cosa, su verdadera naturaleza. Una cruel, amenazante. No sabía qué me pasaba.

—Hola. Soy Anne Ashton y ella mi compañera Alexis Carter.

El hombre me observó con curiosidad. ¿Qué era lo que sabía de mí?

Lo miré a los ojos y él me devolvió la mirada con mayor curiosidad aún.

Emprendimos el camino hacia el Salón Mattison siguiendo a Wallace Lexus. Parecía que él no estaba dispuesto a continuar la charla. Algo había sido cortante en la actitud de ese hombre que Anne también lo notó y frenó su deseo de preguntarle por qué era justamente él quien nos llevaba hacia el lugar de los hechos.

En la medida en que avanzábamos, iluminados con una linterna que llevaba Lexus, comenzamos a ver ciertos resplandores que parecían provenir de detrás del bosque. Supuse que era allí donde debíamos llegar.

Caminábamos por un sendero bien delimitado. No podía ser de otra manera, pues si los Mattison habían cons-truido una pista de aterrizaje, era para utilizarla, y para ello debían garantizar que el sendero del bosque estuviera en perfectas condiciones.

De repente volví a pensar en la familia Mattison, y me di cuenta de que había otro Wallace en juego, el magnate del asbesto, el antepasado de la actual rectora del salón.

Rocé la rama de un árbol y una visión vino a mi cabeza.

UN BUQUE CARGUERO atravesaba el mar en medio de una feroz tormenta. Los hombres, dentro del barco, estaban llenos de una sustancia viscosa, negra. Solo se veían sus ojos en medio de esa cosa viscosa que los cubría por completo. De repente, los contenedores de esa sustancia parecida a la brea rodaron en la superficie de la embarcación y se abrieron. El contenido cayó al océano.

—Alexis..., Alexis. —Escuché. Era la voz de Anne—. ¿No me has oído?

—Perdón. ¿Qué decías?

—Nada. Puede esperar —respondió y frotó sus manos. El frío continuaba calando nuestros huesos.

Llegamos a un punto del camino que nos obligaba a cruzar a la derecha, bordeando el bosque, y apenas lo hicimos vimos una edificación que parecía un castillo, con dos torres elevadas, y luego varias más redondeadas y pequeñas a los lados.

—¡Vaya! —exclamó Anne.

De allí provenían las luces que antes habíamos visto, pero que el bosque no nos permitía distinguir con claridad.

La edificación se hallaba a unos cincuenta metros más o menos de nuestra posición.

Wallace Lexus recibió un mensaje en su móvil. No lo tomó y apuró el paso. Nosotras también lo hicimos.

A nuestro lado en el sendero había un árbol que destacaba de los demás por su tamaño. Parecía un cedro. El lugar se impregnaba de la madera olorosa que yo pensaba provenía de ese espécimen. Entonces, junto a él vi un reloj solar. Se hallaba sobre una plataforma de madera y parecía antiguo. Marcaba las tres de la tarde. Debía ser una imitación de un reloj solar que existía en otro lugar. Quizás la construcción del castillo había sido una copia de un original en algún país europeo.

En ese momento comenzamos a ver a otras personas ingresando en el edificio. Dos entraban y otras dos salían. El móvil de Lexus volvió a sonar, pero esta vez se trataba de una llamada. Atendió.

Escuchó y luego de unos instantes apartó el teléfono y lo guardó en el bolsillo de su chaqueta.

Llegamos. Nos detuvimos en la puerta del Salón Mattison. Lexus volteó y se dirigió a nosotras.

—Adentro las espera la agente especial del FBI Judy Holden. Ha sido idea de ella que ustedes estén aquí.

Cuando dijo «ustedes», me miró de forma especial a mí. Como si fuese yo quien tenía que estar allí.

ANNE y yo entramos en la edificación. Experimenté tanto frío que sentí que se me entumecía la mitad de la cara.

Anne tocó su medalla como en un acto reflejo, y al hacerlo esta se desprendió de su cuello. Cayó al suelo.

Comenzó a buscarla con inquietud.

La ayudé. Sabía lo que significaba para ella ese objeto. Muchas veces deseé contar con la fe que poseía Anne. Representaba un alivio, un bálsamo ante los miedos y los problemas. Quería a Anne como a una hermana y la conocía como a nadie. Desde la primera vez que la vi, cuando salvó a aquella niña en el paseo junto al río en Wichita, supe que era alguien de mucho valor, totalmente confiable.

—¡Aquí estás! —exclamó aliviada. Había tomado la medalla y la cadena, y la guardó en el bolsillo de su pantalón—. No me arriesgaré a que vuelva a caerse. Hay un problema con el mecanismo de cierre de la cadena. Debo mirarlo… —completó.

Continuamos el camino y vimos a una mujer que nos

hacía señas. Nos encontrábamos en un espacio moderno. Al cruzar la muralla del castillo también habíamos cruzado una estructura acristalada que daba pie al corazón del Salón Mattison, y este era de arquitectura ecléctica. Intentaba mezclar lo antiguo y lo actual, y lo lograba a medias. Producía un sabor de boca no del todo agradable porque el contraste entre las piedras del exterior y los cristales del interior lucía algo violento.

El espacio en donde estábamos funcionaba como un patio interno. Era más como una enorme caja de vidrio. La niebla nos rodeaba y podíamos verla desde esa caja, allí enjauladas.

—Este lugar… lo siento como un encierro —exclamó Anne.

La mujer que nos hizo una seña se acercaba a nosotras.

Mientras nos acercábamos a ella, vi que varias puertas estaban identificadas: Salón de Música, Estación de Radio 1950, Salón de Ciencias Militares, Sala de Computación.

Nos detuvimos y la mujer nos habló:

—Hola. Soy la agente policial Orla Dermody. He encontrado el cuerpo. Recibimos una llamada anónima informando que había un cadáver aquí. La agente Judy Holden del FBI me instruyó para que las recibiera y las llevara a la escena —dijo.

Luego nos señaló una puerta.

Era la de la biblioteca.

Entramos.

Experimenté una gran emoción, como si estuviese a punto de descubrir algo o lo acabara de descubrir.

«Ascendere». «Los documentos de los Ascendere...».

Esas palabras aparecieron en mi cabeza, pero luego desaparecieron por la impresión que me produjo la escena del crimen.

El lugar era hermoso; una biblioteca antigua con mesas individuales en el área central, coronadas con lámparas elegantes de vitrales verdes opacos. Pero la belleza de la biblioteca había sido contaminada por la maldad. Esa idea también vino a mi cabeza.

Nunca había visto una víctima con el cerebro rebanado. El hombre yacía tal como lo habíamos visto en las fotos. Pero estar allí presente le imponía un carácter distinto. Sus extremidades, colocadas en posiciones diferentes, asimétricas, con ángulos disímiles ... ¿Era aquello un mensaje del asesino? ¿Pero qué significaba?

La sangre dominaba la escena. Era dantesca. Además

había un ambiente trágico, al menos yo lo respiraba. Si la emoción que había sentido antes tenía que ver con Pool, si era algo que él había experimentado y yo al entrar en la biblioteca lo había percibido por mi capacidad empática, resultaba aterrador que en ese mismo lugar terminara asesinado. Era como si Martín Pool hubiese caído en una trampa.

—Dejarlo así, hacerle eso…, ¿será parte de un rito o es un mensaje para el mundo? —preguntó Anne, quien se encontraba a mi lado. Las dos nos hallábamos a tres metros del cuerpo—. ¡Madre de Dios! —exclamó en tono bajo y llevó su mano derecha al cuello, al lugar donde hasta hace pocos minutos colgaba su medalla. Entonces sintió el vacío, la medalla no estaba, la había guardado en un bolsillo, pero su acto fue reflejo, como una defensa contra el horror que había en ese lugar.

Nos acercamos al círculo en el que se hallaba Martín Pool. Era un círculo hecho con piedras y símbolos, tal como habíamos visto en las fotografías de la escena.

Lo único que noté diferente era la luz. La biblioteca contaba con amplios ventanales: cuadrados de cristales enmarcados en madera maciza y oscura. Cuando tomaron las fotos de la escena, la luz que penetraba era menor. Se acercaba el alba.

Deseé que amaneciera, de repente. Pero ese deseo sabía que no era totalmente mío. Era como si lo hubiese percibido de alguien más en ese lugar.

¿De la víctima?

¿Del asesino?

—¿Qué significarán esos símbolos? Tomaré fotos con el móvil y preguntaré a un buen amigo —dijo Anne.

La miré. Me di cuenta de que pensaba en su amigo el sacerdote de Wichita. Tanto Anne como yo sabíamos que lo que allí había pasado era producto de la acción de la oscuridad. Yo lo sabía porque lo percibía, y Anne tal vez también lo percibía a su manera, orientada por su fe.

El frío inclemente volvió a mi cara, a mis dientes. Mis manos estaban heladas. Un escalofrío me hizo temblar.

Anne tomaba las fotos y yo también me había aproximado para mirar de cerca los símbolos. Representaban una especie de espiral ovalado que encerraba tres figuras que podían representar una cara; dos ojos y la boca.

En ese momento volvió a mi cabeza la misma palabra: Ascendere.

Miré a los lados y luego a la puerta de entrada. Allí aguardaba parte del equipo forense para continuar haciendo su trabajo.

Anne terminó con las fotos y se acercó de nuevo a mí.

—¿Quieres hacer algo más aquí?

No estaba segura de qué responder. Sabía que los detalles de la escena estarían mejor registrados por los especialistas que allí se encontraban. Más importante para mí era la sensación que me transmitía ese lugar. Y hasta ese momento, era contradictoria. Sabía que la víctima había ido allí con una gran emoción a cuestas; una agradable y potente, pero luego había sido traicionado. Sí, era eso. Alguien, el asesino, lo traicionó. Creo que Martín Pool había pensado eso al final.

—La jefa Tonny me dijo que debíamos hablar con Judy Holden. Debe estar afuera. ¿La buscamos? —preguntó Anne, pero en realidad lo que quería era proponerme que nos fuéramos de allí.

Asentí, algo confusa. No sabía si deseaba quedarme en ese lugar cerca de la víctima o si deseaba tomar aire afuera. Podía ser que el frío que experimentaba me estuviese conduciendo a querer resguardarme.

Estaba cansada. Eso era.

De repente, un cansancio increíble atrapó mi cuerpo por completo.

Salimos de la biblioteca. Muy cerca de la puerta se había quedado la agente Dermody. Cuando nos vio de regreso, se dirigió a nosotras.

—Hay alguien que quiere hablar con ustedes, agentes —manifestó—. Vengan conmigo, por favor —pidió.

La seguimos.

De repente se detuvo en seco y volteó.

—¿Se siente bien, agente Carter? —me preguntó en algo que me pareció más una acusación—. La noto muy pálida y sus labios están resecos —apuntó.

—Estoy bien —respondí.

La agente continuó su camino.

Llevaba una coleta que sujetaba su cabello negro y largo. Caminaba con determinación. El cabello se balanceaba de un lado a otro a su paso.

En ese momento, un ruido nos distrajo. Se producía arriba, en el techo. Era un aleteo. Había un pájaro atrapado en el área interna del Salón Mattison intentando volar más alto para salir de allí. Lo que lograba era golpearse con el techo, que exhibía un fresco en donde podían verse montañas, caballos, hombres y mujeres, carretas, y un gran horizonte en tonos celeste y verde.

Vimos el cuerpo negro del ave, que contrastaba con la claridad del mural que se extendía varios metros, ocupando la parte central de aquella área del salón.

—Es una lechuza. Ha quedado atrapada aquí. Una *Tyto alba pratincola* —dijo la agente.

—¿Sabe de lechuzas? —le pregunté.

—Sí. Siempre me han fascinado. He estudiado un poco sobre ellas —completó.

Me pregunté cómo era Orla Dermody.

Se veía una mujer de unos veintitantos, o tal vez treinta, decidida. Era pequeña, un poco más que Anne, y muy atlética. Además era muy observadora. Lo había demostrado al fijarse en la sequedad de mis labios.

—¿Qué piensa de lo que pasó aquí, Orla? —pregunté.

Se sorprendió.

Pero más me sorprendió a mí su respuesta.

11

—Que alguien se sintió traicionado y se vengó —dijo con seguridad.

—¿Por qué dice eso? —preguntó Anne.

—Conocía a Martín Pool. Era profesor de Historia Medieval. La licenciatura en Historia es de las carreras más valoradas en el Salón Mattison. Él se tomaba muy en serio su trabajo y se obsesionaba con él. Eso le iba quitando capacidad de relacionarse. Lo he visto antes, esa forma de ser tan obsesiva y vivir con una idea fija. El Salón Mattison atrae a las mejores mentes obsesivas con la historia y la cultura. Les ofrecen increíbles remuneraciones, y sobre todo acceso a los círculos intelectuales más importantes del país y del mundo. Se han ganado un nombre con las investigaciones que promueven y con el mecenazgo cultural que llevan a cabo… Lo que quiero decir es que Martín Pool se equivocó al venir aquí.

Anne la miró con curiosidad y yo me quedé pensando. Orla Dermody no había sido atinada al expresar sus ideas, al contrario. Pero de alguna manera se había dado a entender. Era como si ella fuese una mujer muy reflexiva, y justo por ello la comunicación de sus ideas no fuera clara. Sin embargo, era profunda, y la profundidad en los pensamientos de las personas siempre produce frutos en quienes los escuchan.

—¿Dice que este lugar fue un caldo de cultivo perfecto para que Martín Pool se obsesionara aún más con su trabajo y que eso de alguna manera podría estar conectado con su asesinato? —preguntó Anne.

—Sí. Porque las obsesiones deshumanizan. Tal vez alguien parecido a él sintió que le robaban sus ideas, y ya saben que en el mundo intelectual la autoría lo es todo. Cuando las personas desean con desenfreno algo, suelen convencerse de que todas las ideas reveladoras son propias, se hacen egoístas.

Era cierto lo que Orla Dermody decía.

—Eso es lo que yo pienso, pero no soy experta en psicología forense, agente Carter —me dijo y me miró fijamente.

—Usted cree que la persona que asesinó a Pool lo conocía. Ya. ¿Y tiene alguna teoría sobre esos símbolos dibujados en la escena? —insistí.

—Creo que sí. Se parecen a los utilizados por los Ascenderes…

Apenas terminó de decir eso, escuché varias voces diciendo esa palabra, cada vez con más fuerza. Además, cuando las voces se callaban, escuchaba ruido de cadenas arrastrándose y golpes de objetos de madera.

Todo eso estaba en mi cabeza.

—¿Qué son los Ascenderes? —interrogó Anne.

Los ruidos y las voces en mi cabeza desaparecieron.

—Una de las líneas de investigación del Salón Mattison es la religión. Algunas creencias medievales de sectas ocultas se centraban en la idea de la circularidad. Por eso sus figuras son siempre circulares. Son circulares, pero a la vez en espiral, lo cual da una sensación de evolución, de ascenso. Al menos eso es lo que me han explicado a mí.

—¿Quién te lo ha explicado? —interrumpí.

—Disculpen. No sé nada sobre eso. Ha sido mi esposa. Ella es fanática de estas cosas. De hecho, ha asistido a varias conferencias. En realidad es veterinaria, pero estas cosas le llaman la atención.

De repente, Orla Dermody calló.

—¿Continuamos? —preguntó luego.

Anne y yo asentimos.

Nos detuvimos frente a una puerta que estaba identificada con el nombre «Sala de Música». Lo hicimos porque Orla allí se detuvo antes.

—Es aquí. La agente Judy Holden del FBI quiere hablarles.

Anne pasó al salón y yo, antes de hacerlo, me dirigí a Orla:

—Tal vez nos interese hablar con tu esposa y contigo nuevamente. Veo que eres observadora. Las personas observadoras como tú pueden ser cruciales en todos los casos, y tal vez más en uno como este. Además, conocías a la víctima. ¿Qué tanto?

—No mucho. Solo lo veía aquí. El Salón Mattison forma parte de mi área de vigilancia. Ellos cuentan con vigilancia privada, pero de todas formas les brindamos apoyo cada vez que vienen personalidades o realizan eventos. En lo que podamos contribuir Eileen y yo, estaremos dispuestas.

Hice un movimiento de cabeza agradeciendo y luego entré en la habitación.

Vi a Anne junto a una mujer muy alta, atlética. Su tez era oscura, y su pelo, negro, recogido en un moño bajo. Vestía con blusa celeste y pantalón negro. Me miró con curiosidad. Me fijé que tenía las pestañas largas, oscuras y abundantes.

—Soy la agente Judy Holden —me dijo y de inmediato nos señaló unas sillas en torno a una mesa.

Me pareció que su saludo fue demasiado rápido. Me dije que no quiso estrechar mi mano. Eso me inquietó. ¿Es que había oído hablar algo sobre mis capacidades con el tacto? No era posible. Casi nadie sabía eso, y yo no conocía a tanta gente del FBI. Conocía a Julia Stein y a Hans Freeman. A unos cuantos más, pero ninguno de ellos estaba al tanto de esos detalles sobre mí.

¿Por qué esa mujer no había querido tenderme la mano? ¿Se la había tendido antes a Anne?

Nos sentamos y ella comenzó a hablar.

—Estoy segura de que nunca han escuchado algo parecido a lo que voy a decirles ahora.

13

ANNE ME MIRÓ un par de segundos.

—Formo parte de una división experimental en el FBI.

Cuando pronunció la palaba «experimental», me pareció que quería decir «oculta».

—La hemos llamado División Experimental Empática, o DEEM, por sus siglas. La división se conforma de tres personas: Bruce Chapman, Clark Parker y yo. Este es nuestro primer caso de asesinato juntos. Hemos sido convocados a investigar el asesinato de Martín Pool debido a la complejidad de la escena que ya han visto. Nos temíamos que algo así volviera a pasar pronto...

—¿Es que había pasado antes? —intervino Anne. Yo me hacía la misma pregunta.

—Sí. Seguimos una línea de investigación. Creemos que los lugares son protagonistas de estos crímenes casi tanto como las víctimas. Me explicaré mejor. En algunas particulares instalaciones, que o bien son históricas, o bien han sido construidas imitando instalaciones del siglo pasado y antepasado de otras latitudes, han estado sucediendo cosas inusuales.

—¿Pero no crímenes?

—No. No crímenes —respondió Holden.

—¿Cosas como cuáles? —Quiso saber Anne.

—Muertes de animales, también rodeados de trozos minerales de jaspe y de símbolos circulares. Idéntico a lo encontrado aquí. Ha sucedido con caballos, con zorros y con perros.

—¿En dónde? —pregunté.

—En el Castello di Palma, una viña de estilo medieval del siglo XIII en California, en el Valle de Napa. Pertenece a Clement Traverse, un empresario vinícola, quien ha diseñado una ruta de conocimiento del lugar para turistas interesados en viñedos. Allí hace nueve meses apareció degollado uno de sus caballos. Las autoridades locales pensaron que se trataba de un asunto personal, una venganza dirigida a Traverse. Luego en una mansión de piedra a orillas del lago Tahoe sucedió algo similar, pero esta vez fue un perro, el del guardia. El hombre había tenido un problema con un vecino, y también todos pensaron que se trataba de un asunto personal. Las mismas piedras, los mismos símbolos. Buscaron conexión entre Traverse y Lance Rice, el propietario del perro, pero no hallaron nada. Eso fue hace seis meses. La última vez fue en Bannerman Castle. Lo mismo con un zorro. En este caso, cercenaron la cabeza del animal.

—Y eso fue hace tres meses —completé.

Judy Holden me miró.

—Sí. En efecto.

Era fácil deducirlo; la temporalidad entre los eventos era fija, de tres meses.

—¿Cómo alguien pasa de matar a un caballo, un perro y un zorro a una persona? —preguntó Anne más como una reflexión para ella misma.

—Creemos que forma parte de un rito y ese ascenso en la escala de seres vivos, donde en teoría el hombre está en el vértice, responde a algo que desconocemos. Por otro lado, lo común son las piedras y los símbolos idénticos. Las piedras de jade parecen provenir de ambientes hidrotermales con sulfuros masivos. Están descartando varias cuevas en el país, haciendo los estudios para saber si provienen del mismo lugar. Hemos consultado con expertos sobre los símbolos y hay varias teorías, pero no hay un acuerdo. Ninguno sabe a ciencia cierta a qué creencias pertenecen. Lo único en lo que coinciden es que son medievales. Nos han mostrado algunos similares, pero no exactos. La exactitud en esto es fundamental —concluyó.

«El ascenso en la escala de seres vivos...», me repetí.

—¿La palabra «ascendere» dice algo para usted? —pregunté.

14

—Nada —respondió Judy Holden.

Tuve la convicción de que mentía.

—Bien, pues ya nos ha explicado de manera general lo que ha traído a su equipo experimental aquí, pero no qué hacemos nosotras en este lugar —manifestó Anne.

Me pareció que Judy Holden estaba esperando un comentario como ese.

—Ustedes han sido nombradas agentes valiosas para este trabajo —se limitó a responder.

Luego hubo un silencio incómodo.

—No puedo decirles quién las propuso. Solo les pedimos que nos ayuden a despejar ideas, a investigar, a dar sus puntos de vista para resolver este asesinato y establecer las conexiones con lo sucedido antes. Podríamos decir que llevaremos líneas paralelas de investigación y solo cuando lo veamos adecuado nos encontraremos. La idea es que ustedes investiguen como si nosotros no existiéramos, y nosotros como si ustedes no estuvieran.

—¿Entonces no conoceremos a la otra parte del

equipo? ¿También vendrán a Kansas o se quedarán en Washington? —Quiso saber Anne.

—Ya están aquí —respondió Judy Holden y noté un breve gesto en sus labios, parecido a una sonrisa.

—Les hablaré de ellos. Bruce Chapman fue reclutado hace meses. No hizo carrera en el FBI. Chapman fue religioso hasta los cuarenta años. Luego, sin explicación, dejó la congregación y pasó siete años en la India. Clark Parker es un joven matemático muy particular. Particular porque prácticamente carece de inteligencia emocional y de capacidad para la sociabilidad, pero es capaz de encontrar patrones donde nadie los encuentra, y de empatizar con los asesinos de tal manera que comprende a la perfección el móvil que los conduce a destruir, y los sentimientos que los llevan a matar. Es el mejor investigador para entrevistar a los criminales, aunque cuando no está trabajando es un hombre sumamente callado.

—¿Y usted? —pregunté.

No había dicho nada sobre ella.

—Soy agente del FBI desde hace quince años. No comprendo del todo por qué me han incluido en la División Experimental Empática, porque no soy como ellos.

—¿Cómo son ellos? —preguntó Anne.

—Empáticos —respondió—. Como su compañera Alexis —completó y volvió a mirarme con sus profundos ojos negros.

15

Judy Holden tocó mi brazo.

Vi muchos rostros y escuché la música de un tragamonedas.

—Un casino —dije sin pensar.

—Así es. Soy una persona con habilidades de superreconocimiento. No olvido un rostro ni una expresión. Fui contratada desde los diecisiete años en varios casinos. Me reclutó el FBI y comencé trabajando en el Departamento de Investigación Visual. Ahora me han destinado a esta nueva área.

—Vaya... —susurró Anne. Su sorpresa era evidente.

Ni en mil años hubiese pensado que el FBI se acercaría a nosotras pidiendo esta clase de ayuda, basada en mis habilidades. Creo que tampoco tenía muy claro que a través del tacto podían aparecer ideas, palabras y visiones en mi cabeza. No creo que hubiésemos hablado de ello. Sí que sabía de mis habilidades, por supuesto. Anne era mi mejor amiga, además de mi compañera de trabajo, pero la percibía incómoda. Presentía que había enemigos poderosos que ella no podía comprender del todo, y aunque contaba con una fe muy potente, estaba segura de que Anne menos que nadie disfrutaba sintiéndose en desventaja ante lo desconocido.

Miré a Anne de manera comprensiva. Yo tampoco había deseado estar en esa situación. También intuía que este caso sería de los más difíciles. Esos símbolos en torno al cadáver, esa posición semejante a la del *Hombre de Vitruvio*. La tristeza de haber perdido al único hombre que he querido con pasión volvió a mí como si apenas acabara de ver su cuerpo sin vida en la morgue. Fue una ráfaga desoladora.

—Ninguno de los tres trabaja en una sede del FBI. El Buró rentó una oficina aparte y tuve que fingir mi baja por motivos personales. Nadie sabe lo que hacemos. Ahora lo saben ustedes y la jefa Tonny, aunque sin detalles. Nadie más.

—Eso no es cierto. También la persona que nos propuso. ¿No es así? —intervine.

Judy Holden sonrió.

—Así es. Pero de esa persona no pueden saber nada —completó.

En ese momento, la puerta del Salón de Música se abrió y alguien del equipo forense apareció con cara descompuesta.

—Es preciso… Será mejor que vengan a ver esto —exclamó.

—En el bosque… lo han hallado —dijo el forense.

Volví a sentir un frío de muerte. Mi cara parecía estar a punto de congelarse.

Nos levantamos y lo seguimos. Se me hizo ese camino interminable. Necesitaba saber qué era lo que había alterado tanto a un hombre acostumbrado a tratar con la muerte, a ver y procesar escenas sangrientas casi diariamente.

Anne estaba inquieta. Vi que tomó su medalla del bolsillo y se la puso al cuello.

Luego me descubrió mirándola y me sonrió.

Judy Holden iba un paso delante de nosotras.

Desandamos nuestro camino y llegamos al exterior del Salón Mattison. Allí, junto a la entrada, me fijé en algo que no había visto antes. Se trataba de una campana que pendía junto a la puerta, al lado izquierdo. Una campana pequeña de hierro macizo. Mostraba en su cara frontal la imagen de un querubín, donde se destacaban las líneas curvas de las alas, el pelo encrespado y unas hendiduras oscuras en la cuenca de los ojos. El conjunto construía una imagen horrenda que uno no esperaría de la cara de un querubín. Como si la dulzura que debía representar se hubiese desnaturalizado en la superficie metálica con el paso del tiempo y ahora mostrara una imagen perversa.

Me desembaracé de la imagen de la campana sacudiendo la cabeza y me froté las manos una contra la otra.

Tomamos el camino del bosque, el mismo por el que Anne y yo habíamos caminado antes, pero en un punto nos desviamos, alejándonos más de la edificación y de la pista de aterrizaje.

Al cabo de cinco minutos de cruzar un área repleta de pinos, lo vimos. Había una mesa pequeña y circular cubierta de un mantel blanquísimo. Sobre ella había una fuente de plata que relucía. Además de un servicio dispuesto; un plato y cubiertos a su lado. También una copa de vino con una sustancia rojiza.

—¿Qué demonios…? —dijo Judy y luego calló.

—El maldito Hannibal Lecter… —murmuró Anne.

Nos acercamos a la mesa, allí en medio de la nada. Además había una silla junto a ella. Sin duda el asesino había dejado dispuesta su cena, o algo parecido, para que la encontráramos.

—¿Lo han levantado? ¿El cubreplatos? —preguntó Judy Holden.

—Aún no —dijo el forense. Pero la sustancia en la copa es sangre —respondió.

Todos esperábamos ver los sesos de Martín Pool servidos en aquel plato cubierto.

Pero no lo que había, además de eso.

Holden pidió al forense que levantara el cubreplatos. Pero la detuve, tocando su brazo con suavidad.

—¿Podría hacerlo? —pedí.

Entonces el forense me alcanzó unos guantes y me los puse. Luego toqué el asa del cubreplatos ovalado. Sentí vértigo, parecía que todo daba vueltas a mi alrededor. Pensé que iba a caerme. Era el mundo girando a una velocidad vertiginosa, y entonces vi a una mujer muerta de miedo. Era joven, delgada. Parecía sacada de una pintura de Botticelli. Y luego un perro rabioso, goteando saliva de sus colmillos. No era la primera vez que veía a ese animal. En sueños antes lo había visto. Y luego ella, la licaón que solía visitar en el parque, en Wichita, acompañaba a la mujer que sufría. Solo eso vi. Aquello me dejó aún más confundida.

Moví la cabeza de un lado a otro.

Levanté el cubreplatos y allí estaba. Parecían sesos. Un amasijo vomitivo. Y junto a eso había un recorte de periódico. Estaba ensangrentado.

—¡Dios mío! —exclamó Anne.

Entregué el cubreplatos al forense. Ya había llegado otro del equipo para tomar fotografías y dos técnicos más para recoger muestras.

Aquello era desconcertante. Lo peor, y lo que producía el desasosiego y la confusión, era encontrar una mesa servida como aquella en medio del bosque. Y eso era lo peor porque todos sabíamos lo que habría bajo aquella campana. Todos fuimos capaces de anticiparnos al horror. Y justamente eso era lo más inquietante.

—¿Qué pasó con los sesos de los animales? ¿También fueron extraídos? ¿Los encontraron? —pregunté a Judy una vez que nos apartamos un poco para que los forenses hicieran su trabajo.

—Los del caballo estaban intactos. En el caso del perro, tenía heridas en la cabeza, pero nada como esto. En cambio, el zorro sí fue hallado en las mismas condiciones que Martín Pool, y sus sesos no fueron hallados en ninguna parte del castillo.

—Es tan confuso... son demasiadas señales... mucha información; las piedras, los símbolos, los cortes en el cerebro, los animales, y ahora esto... Esta especie de representación de una cena. Alguien que se come al rey de la cadena alimenticia, al hombre. Además, a un hombre inteligente. Lo que representaría a la capacidad racional, la razón, la memoria y la consciencia; lo que nos distingue de los animales. De allí proviene nuestra superioridad, pero este asesino, o asesinos, nos quiere decir algo sobre eso. No ha sido el más listo Martín Pool, han sido ellos, o él. Es como si... —dije y luego dejé la frase inconclusa.

—Como si fundaran una nueva cadena alimenticia —completó Judy Holden.

18

—¿De qué se trata la noticia? —pregunté a uno de los forenses. Ya habían tomado las fotografías del hallazgo y estaban desplegando el trozo de papel impreso.

—Del asesinato de dos niñas a manos de su madre —intervino Judy Holden antes de que el hombre dijera algo—. Conozco el caso. Jamás olvidaré ese rostro. Es Alma Manning.

Por primera vez vi a Judy Holden un tanto afectada. Antes había parecido una mujer de hielo.

—¿Por qué habrá querido traer esa noticia aquí? —pregunté en voz baja.

—Yo sí lo comprendo. Fue una noticia desoladora. Es el triunfo del egoísmo sobre cualquier otro sentimiento humano. Fue un hecho difícil de asimilar. Una mujer normal que nunca había mostrado ningún tipo de actitud violenta. Que en las redes sociales solía manifestar el amor que sentía por las dos pequeñas, Mindy y Joan. Pero el padre de las chicas quiso divorciarse y allí empezó el problema. Alma no encajó bien el golpe y comenzó a cambiar su comportamiento. Se puso agresiva con él, y en parte con las niñas. Y luego, el día de su cumpleaños, tomó una vieja arma del armario y les disparó a sus hijas. Mindy quedó herida, mas no muerta, y su madre la remató con otro disparo. Luego intentó huir, pero la alcanzaron… —contó Anne.

Hablaba como si no fuera ella, con voz impersonal. Como si aquella noticia le pareciera tan monstruosa que para tolerarla debía enajenarse, salirse de sí misma para contarla.

—Exactamente así fue. Pasó en Washington. Esto no me gusta nada —dijo Judy.

—¿A qué te refieres? —pregunté.

—A que Clark Parker la entrevistó. Fue su primera entrevista a un criminal.

La idea de un círculo vino a mi cabeza, y otra vez la sensación de vértigo. Era como si el asesinato de Martín Pool tuviese que ver con nosotras, con quienes íbamos a investigarlo. A Anne le afectaba el tema maternal, la hería muy profundo lo que había hecho esa mujer llamada Alma. La posición del cuerpo de Pool me recordaba al *Hombre de Vitruvio* y a las malditas monedas que sacaron del vientre de mi novio. Y la asesina de la noticia en el papel ensangrentado tenía que ver con al menos uno de los tres integrantes de la extraña y oculta oficina de la DEEM.

Todo era como una sentencia, ya no para Pool, sino para nosotros.

¿Quién era esa mujer que había visto muerta de miedo en mi cabeza?

PARTE II

FRAGMENTO DEL MANUSCRITO
HALLADO POR MARTÍN POOL

Si uno quiere saber la forma de los fantasmas y de los asesinos que existirán en el futuro, solo tiene que mirar el alma de la gente hoy. Soy un fantasma poderoso que vive en esta triste ciudad, que ha rondado el puente trágico sobre el río y sus cercanías. Lo hago desde 1881. He aquí tres de mis hazañas.

El hombrecito gris, 1885.

En ese entonces yo aparecí en la cubierta del barco junto al hombre gris. Pude reconocer en sus ojos la desesperación que alumbraba aún más que las luces recién encendidas por la partida del barco, en el puerto. Pude reconocer tal angustia y enojo que tuve la convicción de una gran posibilidad. Y tuve también la visión del puente que acababan de construir. Ellos, los de poca imaginación, siempre han sido mis más gratuitos aliados. Las tres semanas que duró la travesía se constituyeron en una gran fuente de placer para mí. Logré de una manera maravillosa ahondar la herida de aquel hombrecito gris y perdido. Mi idea era que se lanzara al mar, y apostaba conmigo mismo, cada noche, que esa sería la última que él viviría. No lo logré exactamente así. Y he debido saberlo, pues, en mi visión, aquel puente nuevo estaba reservado para ser el escenario del final. El poder es la capacidad de influencia que tenemos algunos sobre otros. En mi caso, mi poder afectivo está vestido de humildad, de buena intención y sencillas palabras. Logré hacer creer a mi compañero de travesía que mis ideas eran las suyas y mis soluciones las de él. Nada gana uno si todo lo que dice es nuevo, porque esa es una forma errada de proceder. La forma que someterá al mundo completo, tarde o temprano, el verdadero y mejor mal posible, el exquisito arte de influir, es cuando se dice algo «mitad viejo y mitad nuevo». Así las almas atormentadas creen encontrar una salida cuando encuentran la última caída. Al otro día saboreé mi triunfo. Mi amigo se había lanzado apenas había llegado al río.

La dama confusa, 1900.

En ese caso era yo ayudante de salón de peluquería para damas, de una ubicada en la esquina desde donde se veía el campo de flores y el puente. Ella llegó sin palabras. Una mujer que hablaba sin tomar aliento. La razón era evidente; se había enterado de lo que yo sabía desde hacía tiempo. «Su marido ya no la quería». Me resulta gracioso pensar en esa expresión como razón de la infelicidad. Nunca sería una razón que yo abrazaría. Esta vez, mientras arreglaba su peinado, le hablé de la futura novia que acababa de peinar y de su dulce felicidad. Los ojos de Joan Beck se llenaron de lágrimas por última vez. Salió y la vi perderse en el camino. La vi detenerse y apoyarse sobre la pulida puerta de hierro, y el farol más lejano proyectó su sombra como una silueta triste. Sabía que, más tarde, cuando todos durmieran, ella decidiría volar por los aires desde ese mismo lugar donde se detuvo a pensar, deshecha. Fui a su funeral. Y lo llamativo esta vez fue que Eliot —su marido— estaba deshecho.

Atelier, 1905.

Esta vez convencí a Mary Anne Neal, una fiel compradora de trajes y sombreros de los más costosos, de que su hija menor tenía algo malo, que ni en la iglesia podrían aliviarle. Aquella mujer tan culta llevaba consigo las oscuras telas de las supersticiones, que yo supe utilizar con maestría. La convencí de que los niños que no permanecían *inmóviles para ser retratados llevaban consigo algo malo dentro. Le garanticé que eso lo había escuchado en París, en casa de una famosa médium, la última vez que había viajado para hacerme con mejores trajes y sombreros. Le hice una confidencia: Michael Hayes comentaba sobre todo el tiempo perdido esperando que su hija Grace se quedara inmóvil. Esta mujer, tan atontada y escasa, repetía mis propias palabras, convencida de que eran suyas. Hasta que brilló en su mente la intención de asesinar a su hija, mientras, yo ajustaba su cintura en el traje naranja y sepia que acababa de comprar. Convenció a la niña Grace de que se tomara el remedio para contrarrestar las náuseas. Dijeron que su muerte había sido inesperada.*

Me he preguntado cada día de mi vida, ¿a qué sabrían las células cerebrales inundadas de odio y de miedo? Por eso, los antiguos son las lumbreras. Porque ellos sí conocían ese sabor y se elevaban gracias al alimento. ¡Ascendere! ¡Ascendere! ¡Ha llegado la hora!

1

Nos DESPEDIMOS de Judy Holden sin saber muy bien cuándo volveríamos a hablar. Era una mujer de piedra y no quería darnos más información de la que ya nos había dado. Nos pidió que fuéramos a una cabaña que había reservado para nosotras cerca de la ciudad de Delia, y nos entregó las llaves de un coche que estaría aguardándonos en el *parking* del Salón Mattison. Allí, en la cabaña, debíamos esperar a que ella se comunicara. Nos dio la dirección del lugar y desapareció.

—Esto no me gusta, Alexis —reconoció Anne una vez que estuvimos dentro del vehículo en dirección a Delia. Ella conducía.

—A mí tampoco —reconocí.

—Alguien ha escogido el peor acto de violencia vicaria de los últimos años, el que cometió esa mujer Alma, y lo ha hecho con toda la intención de mostrarnos algo, como su poder o las noticias con las que se recrea.

—Es cierto, Anne. Tengo demasiadas cosas en la cabeza, pero también tengo la sensación de que son ideas desordenadas que solo dan vueltas en torno a algo que no comprendo. Verás, en mi cabeza ha surgido la palabra «ascendere» varias veces. Es más que una palabra, es como un rezo, una convicción o una petición. Lleva una carga religiosa. Luego he visto a una mujer desconocida para mí, joven, vestida con un atuendo antiguo. Estaba muerta de miedo. Y animales, uno fiero y otro que está de mi parte. ¿Te he hablado de la licaón de Wichita?

—Sí. Alguna vez.

—Pero no entiendo nada. Además está lo de los animales en esas edificaciones antiguas, y ahora esto. ¿Por qué mataron a Martín Pool? —pregunté elevando la voz.

—Creo que eso es lo que debemos responder. Olvidemos todas esas cosas que nos distraen y pensemos como agentes de homicidios. Lo central es la víctima, es Pool. Pues investiguemos como siempre lo hacemos, sin mirar a otra parte. Sé que es difícil, porque nos enfrentamos a algo que no sabemos muy bien qué es… —reconoció—. Y creo, como tú, que esto tiene que ver con esa secta. La posición del cuerpo, la del *Hombre de Vitruvio*. Es imposible no darse cuenta. La verdad, Alexis, es que no sé si esto será demasiado para ti o para mí. Por otro lado, así estarán las cosas que el propio FBI ha creado una división especial y le ha dado esta misión. Deben estar enterados.

Sabía a lo que se refería.

Debían estar enterados de la existencia de la oscuridad.

2

Para llegar a la cabaña nos salimos de la vía principal, a unos cuantos kilómetros antes de llegar a la ciudad de Delia, y nos dirigimos al estanque de pesca Jeffrey Energic Center Lakes y a la central eléctrica Aux Lake Flume.

—Estamos muy cerca de la ruta de Oregón. Mi padre conocía las historias de estos lugares, y en las noches solía contárnoslas.

—¿Cuáles historias? —pregunté.

—Las historias trágicas de las misiones de los colonos, de la misión Santa María. Este cruce fue utilizado por los viajeros colonos desde el siglo XVIII. En 1819, Thomas Say, miembro de la expedición cuyo nombre no recuerdo, acampó cerca de aquí. En el lado oeste del río se estableció el primer campamento importante. Sin embargo, el camino junto al río era arriesgado. Las carretas tenían que bajar por la empinada orilla y se ayudaban con cuerdas para que pudiesen flotar a través del río y no ser arrastradas. Una caravana de carretas podía tardar días en cruzarlo con esas corrientes tan rápidas. Además a los colonos los atacaba el cólera. Muchos murieron aquí sin llegar a donde iban. Dicen que estas tierras están llenas de cementerios improvisados.

—¿Qué buscaba tu padre al contarles eso? Quiero decir, ¿buscaba algún tipo de enseñanza? —Quise saber.

—Claro. El asunto del esfuerzo como clave para llegar a donde quieras. Era su forma de moralizarnos —afirmó Anne.

Sonreí. Creo que era la primera vez que Anne me hablaba de su padre. Además, creo que él logró lo que deseaba. Anne Ashton era tenaz; podría decirse que contaba con un espíritu de colona.

—Ya —respondí y sonreí.

En ese momento llegamos a la cabaña.

Vimos una edificación de una planta construida en medio de un área verde demarcada y un gran olmo junto a la casa. A unos cuantos metros iniciaba un área arbolada.

El estanque y la estación eléctrica se hallaban muy cerca.

—Pues aquí es. Si Judy Holden quería mantenernos lejos de la civilización, lo consiguió… —dijo Anne.

Me parece que eso era lo que deseaba Holden. No la veía como una mujer que dejaba las cosas al azar.

—¿Qué opinas de ella? —preguntó Anne al tiempo en que bajábamos del coche.

—No lo sé. Parece muy racional.

—Me gustaría tener su habilidad. Algunas veces olvido los rostros con una facilidad pasmosa, y eso me molesta. Sobre todo, cuando no presto atención en un restaurante o una cafetería a los chicos que atienden. Uno simplemente da por hecho de que ellos están allí como parte del decorado, y luego resulta que hay varios, y una no sabe a quién pidió el café o la rosquilla. Paso vergüenza.

Lo que acababa de decir Anne activó una idea en mi cerebro. Algo que debí pensar antes.

—Anne, creo que ya sé quién es el jefe de la División Experimental Empática. Y lo tuvimos allí, frente a nuestras narices. Siendo lo que es, un asunto que quieren dejar lo más oculto posible, resulta lógico suponer que el jefe buscaba conocernos antes de cualquier cosa, resguardando su identidad también bajo un papel menor. Seguramente deseaba hacerse una impresión de nosotras.

—¿De qué estás hablando? —preguntó Anne, confusa.

En ese momento, se encendieron unas luces en la cabaña y alguien salió a nuestro encuentro. Y era quien yo me esperaba.

3

WALLACE LEXUS, el copiloto, estaba allí delante de nosotras.

Comprendí por qué nadie nos esperaba al pie de la pista de aterrizaje junto al Salón Mattison, y por qué él sabía a dónde debíamos dirigirnos. El relato de Anne sobre la falta de atención a las personas que cumplen un papel ante nosotros —como un camarero—, me hizo darme cuenta de que el mejor disfraz para conocer a alguien es justamente el de pasar desapercibido, amparado en un trabajo de atención o servicio. Esa naturaleza cruel que creí intuir en Lexus me pareció que no sería tal; era solo que había en él algo más allá de ser un simple copiloto.

—Nos volvemos a encontrar. Soy el agente Wallace Lexus y ahora sí le estrecharé la mano, Alexis Carter —manifestó.

Acto seguido, saludó a Anne con un apretón de mano y una ligera sonrisa, y luego me la tendió a mí. Mientras la estrechaba, no pasó nada dentro de mi cabeza.

Vimos que de la cabaña salieron dos personas más. Uno era un hombre de unos sesenta años, de pelo cano y de cuerpo delgado, que vestía de negro. La primera impresión que daba era la de ser un hombre elegante y a la vez sencillo. Su nariz era algo prominente y tenía la barbilla partida. Me fijé en eso cuando se acercó a nosotras. Lo hizo antes que el otro.

El que se quedó relegado era mucho más joven, y por eso supuse que era Clark Parker, el matemático. Tenía la apariencia de ser un sujeto enfermizo. Su cabello era negro y sus ojos también, y su tez sumamente blanca.

—Ellos completan la División Experimental Empática. Son Bruce Chapman y Clark Parker —dijo Lexus.

Nosotras nos presentamos y les tendimos la mano. Igual que me pasó antes, mi mente parecía estar en blanco. Aquellas personas eran como muros infranqueables para mí. Sin embargo, cuando el joven me dio su mano, estuve segura de que él conoció algo sobre mí.

Acto seguido se fue caminando por el mismo lugar por donde Anne y yo habíamos llegado. Supuse que alguien lo esperaba en la carretera.

No podía negar que era un sujeto bastante misterioso.

4

—Bien, pues pasen adelante —dijo Bruce.

Lo observé mejor.

Tenía cejas escasas y sus labios eran muy delgados. Todo el conjunto hacía un rostro bastante singular, de esos que uno no olvida fácilmente.

—Gracias —respondió Anne.

Desde ese momento lo supe. Ellos dos se llevarían muy bien.

Clark Parker no decía ni una palabra. Parecía un ratón asustado. Debía estar haciendo un gran esfuerzo para interactuar con personas desconocidas.

Una vez dentro de la casa nos dirigimos al comedor. Se trataba de un espacio integrado al área de la cocina en donde había una mesa de madera maciza, construida del tronco de un único y gran árbol, rodeada de seis bancos del mismo estilo.

—¡Vaya…! ¡Qué mesa tan bonita! —exclamó Anne.

—Sí, ¿verdad? Ha sido construida valiéndose de un olmo de esos hermosos que hay en esta zona del país.

Pueden verse los círculos en su estructura, que a su vez representan los años que tenía el árbol. Además ha sido hecha con esmero. Eso también puede presentirse —manifestó Bruce.

Los círculos. Recordé los círculos de los símbolos junto al cadáver…

—Hemos hecho café. ¿Quieren un poco? —preguntó Bruce.

Las dos respondimos afirmativamente y entonces fue Clark quien se ocupó. Anne y Bruce continuaban hablando de la mesa y sus bondades y yo me quedé pensando en lo que él acababa de decir; eso de que los troncos de los árboles muestran la edad del espécimen.

Cuando Clark se hallaba de espaldas, sirviendo el café en las tazas, habló y me sacó de mis reflexiones:

—La corteza, la corteza interna, el cámbium, la albura y el duramen. Son las capas, desde la más externa a la más interna del tronco. En el centro está la médula. Esa es la estructura del tronco. Son los anillos de crecimiento los que nos permiten saber la edad del árbol —dijo.

Era como si estuviese haciendo un ejercicio de memoria, o más bien desarrollando una exposición en clase ante otros niños. Su voz era dulce, delicada.

¿Es que la madurez emocional de Clark Parker era la de un niño?

Clark volvió con dos tazas humeantes.

Me entregó la primera a mí y la otra a Anne. Le di las gracias. Me miró con timidez y agrado. Luego se sentó.

Entonces Bruce Chapman comenzó a hablar.

5

—No todos estuvimos de acuerdo en que ustedes vinieran aquí. Pero los acontecimientos han forzado esta decisión —dijo Bruce.

Ahora parecía que se dirigía a un público mayor, desde el púlpito. Recordé que había sido sacerdote.

Anne levantó las cejas.

—El nuevo hallazgo en el bosque, la mesa con lo encontrado allí y la noticia de prensa nos pone en una situación en la que no hay tiempo que perder. Desde la División creemos que nos enfrentamos a una secta antiquísima que ha participado en múltiples asesinatos en el país, y puede que en el mundo, porque parte de sus creencias pasan por la necesidad de la destrucción de quienes fueron sus creyentes o de otras personas, con fines particulares. Lo malo es que son personas muy inteligentes que saben cómo pasar desapercibidas, y por ello se escapan como el agua entre los dedos.

Hizo una pausa.

—Creemos que las ideas que dan pie a sus actos

provienen del mundo antiguo, y fueron reformuladas en la Edad Media. Luego en el Renacimiento y luego en la Edad Moderna. Tenemos algunos indicios que nos hacen creer que hay una célula importante en Kansas. Creemos que las ideas llegaron de la mano de ciertos colonizadores británicos y luego fueron asumidas por los fundadores de esta nación. Es una secta que se forma, al menos en parte, de gente poderosa, digamos, desde siempre.

Hubo otra pausa.

—Frente a cosas como estas, extraordinarias, tenemos que responder de forma también extraordinaria. El FBI comprende que con los mecanismos habituales no podrían avanzar, y por eso nos han reclutado a nosotros. Clark y yo somos superempáticos, así como tú, Alexis. Siempre hemos vivido con esta habilidad. Judy no lo es, pero su memoria visual es privilegiada. También es extraordinaria a su manera.

—Yo no tengo ninguna de esas habilidades —interrumpió Anne.

—Pero usted tiene la habilidad que le concede su amiga Alexis. Ella la necesita para contar con mejor disposición anímica. Eso es evidente. Lo experimenté desde que se bajaron del coche —dijo sin pretensión alguna.

—Es cierto —reconocí—. ¿A la secta la han llamado de alguna manera? Quiero decir, para referirse a ella… —Quise saber.

—No. Solo «secta». De acuerdo con lo que prioricen los acólitos en las diferentes épocas, podrían ser los observantes, los adoradores del *Hombre de Vitruvio*, o algunas otras cosas más que Clark ha estado investigando…

No podía creerlo. Había otras personas que sabían

aquello que me había costado tanto descubrir con el paso del tiempo.

—Allí está uno de los problemas. Creemos que el asesinato de Martín Pool tiene que ver con algo que él descubrió y que ellos buscaban, pero entre ellos presentimos que hay divisiones, mucho odio. Un odio frío. El infierno no es candente, sino helado —culminó con algo de solemnidad.

—Son adoradores del mal, de la oscuridad. Estoy segura. Yo también lo presiento —confesó Anne, sorprendiéndome a mí.

No me había hecho antes una confesión como esa.

6

—¿DE dónde sacan todas estas afirmaciones? ¿Han encontrado escritos? ¿Alguien ha confesado pertenecer a la secta? —pregunté.

—No. Hemos sistematizado nuestras visiones y sueños. Tanto Clark como yo las padecemos con frecuencia. También hemos investigado archivos, fuentes secundarias, pero solo de manera accesoria, porque como hemos dicho, ellos se han encargado de mantenerse ocultos —respondió Bruce.

El teléfono de Anne vibró. Lo tomó, excusándose, y miró a la pantalla. Luego lo dejó sobre la mesa sin hacer nada más con él.

Clark la miró y pensó en algo que no dijo.

—¿Cómo saben que es esta secta la que está tras el asesinato de Martín Pool y la muerte de los animales en California y Nueva York? —preguntó Anne.

—Por lo mismo que ustedes también lo presienten. Esto que estoy contando no es nuevo para Alexis, y estamos seguros de que ella te ha hablado de todo esto antes.

Me sentí tal vez demasiado aludida. Me pregunté si Bruce sabía lo de mi padre y que yo pensaba que él había desempeñado un papel importante para la oscuridad. Y si también conocía el papel de mi abuela y mi madre, y sobre mi péndulo...

—La posición del cuerpo de Martín recuerda al *Hombre de Vitruvio* y sus medidas del cuerpo humano. Por otro lado, los símbolos parecen estar asociados a lo poco que sabemos de la secta. Lo nuevo es el canibalismo. Haber dejado los sesos de Pool servidos en la mesa del bosque nos ha desconcertado, y es allí donde necesitamos más observadoras, más pensadoras. A ustedes —concluyó Bruce.

—¿Cómo plantean que trabajemos? —pregunté.

—Como quieran. Con la libertad suficiente para avanzar y la discreción necesaria para no ponerse innecesariamente en peligro. No tengo que decirles que nos enfrentamos a gente más poderosa que nosotros —afirmó Bruce Chapman con una entonación diferente. Mucho más grave.

—¿Qué tanto podemos decirle a la jefa Tonny? —pregunté.

Me había parecido que lo que estábamos haciendo en esa cabaña era una especie de pacto de silencio, o que ellos esperaban eso.

—Nada. No pueden decirle nada. Solo que se ha cometido un crimen con motivo religioso y que, dada la experiencia en cazar criminales complejos que ustedes poseen en el estado, necesitamos, o más bien, deseamos, contar con su apoyo en una nueva división, la División de Crímenes Religiosos, que se ha creado en Washington y que operará en todo el país. Con eso bastará, por ahora.

Esas fueron las palabras de Clark Parker.

Una motivación muy grande debió sacarlo de su mutismo y obligarlo a intervenir.

Comprendí que cuando miró el móvil de Anne fue porque comprendió o dedujo que llamaba la jefa Tonny.

Me di cuenta de que temían que en la oficina de Wichita se enteraran de la existencia de la división.

¿Por qué?

¿Es que intuían que alguien de la secta estaba allí?

7

LOS DOS HOMBRES se levantaron y se dirigieron a la puerta. Antes de irse nos dijeron una última cosa. Otra vez fue Bruce quien tomó la palabra y Clark se limitó a escuchar cabizbajo.

—Llamémosle solo un tipo de maldad asfixiante. Hay que emplear palabras sencillas, al final… es «la secta de la maldad asfixiante» —dijo Bruce—. El FBI ha analizado las cámaras de un *pub* que se encuentra en la vía, cerca del Salón Mattison y la única vía para llegar allí, al menos en coche. Por otro lado, desde el salón también se vigilan los ingresos peatonales y no se vio a nadie ingresando sin coche. Se podría ingresar por el bosque, eso sí. El hecho es que han surgido cuatro nombres de interés porque anoche fueron vistas estas cuatro personas conduciendo vía al Salón Mattison. Myrna Mattison, Johana Fischer, Leonard Blake y Hebert Mallín. Volveremos a hablar mañana en la mañana con ustedes —dijo y luego salieron ambos.

Anne y yo nos quedamos en silencio, viéndolos partir.

Luego nos sentamos en las mismas sillas que habíamos ocupado antes.

Fui yo quien rompió el silencio.

—¿Qué piensas?

—Es todo tan extraordinario. Pero creo que debemos hacer nuestro mejor esfuerzo. Antes te había dicho que creía que había que contarle a la jefa Tonny lo de la secta. Y todavía creo que debemos hacerlo, pero han dejado claro que no quieren eso.

—Hagamos lo que dicen por ahora. No estaremos mintiéndole a la jefa. Solo le estaremos dando una información superficial —argumenté.

—Sí. Es verdad. Y luego ese chico, vaya que es particular. Debió ser él quien no deseaba que nos uniéramos…, pero eso ya no importa. Tenemos que concentrarnos en lo que hay que hacer. ¿Habrá ropa que podamos usar? Supongo que sí…, pero tendremos que salir a buscar provisiones. —No lo creo. Ellos deben haber pensado en todo —afirmé.

Los siguientes minutos nos dedicamos a inspeccionar la cabaña. En efecto, en ese lugar había ropa nueva, alimentos, artículos de higiene, abrigos, leña. No faltaba nada.

Decidimos hablar con la jefa Tonny en una videollamada contándole solo lo justo, y luego pedimos a Rossy que investigara todo lo que pudiera sobre Clement Traverse, Lance Rice, Martín Pool, Alma Manning y las cuatro personas que Bruce había mencionado como posibles sospechosos.

Por lo que a nosotras tocaba, dedicamos parte de la mañana a poner las ideas en orden. Sobre todo a establecer prioridades de actuación.

Primero hablaríamos con Myrna Mattison.

Se trataba de la heredera del imperio Mattison y directora del Salón.

8

Esperaba encontrar algo totalmente diferente a lo que hallamos.

Fuimos a la casa de Myrna Mattison. Rossy nos había enviado las señas.

Bajo la lógica impuesta por la División Experimental Empática realmente no estábamos trabajando juntos; Anne y yo por nuestro lado y ellos por el suyo. No le dije nada a Anne, pero yo no estaba segura de que hubiese sido Clark Parker quien no nos deseara allí. Más me parecía cosa de Bruce Chapman. No veía a Clark Parker fijando posición ni en cuanto a eso ni en cuanto a nada, aunque sí que debía formarse una opinión de las personas, a mi juicio, bastante acertada, y también de la conveniencia o no de ampliar al equipo. Pero de allí a que lo expresara había un largo trecho. Lo que pasaba era que Anne se había dejado llevar por la simpatía que le produjo Bruce Chapman. Entre ellos afloró la química.

Digo que nos encontramos algo muy diferente a lo esperado porque, siendo Myrna Mattison la heredera de los

Mattison, su estilo de vida debió haber sido más consonante a esa posición. Terminamos encontrando a una mujer de setenta años en una casa algo descuidada y atestada de objetos antiguos, lúgubre la verdad, y con un jardín desordenado y descuidado que la circundaba.

Mi primera impresión al cruzar el umbral de la edificación fue que tal vez todo aquello era solo para aparentar, incluso el no estar muy bien de la cabeza o no vivir bajo los cánones del estatus natural de una familia de relativo abolengo del país. Era como si quisiera ocultar el verdadero poder que poseía. Nada como un disfraz de locura para avanzar en sus objetivos. Algo así, de repente recordé, decía mi madre.

Tocamos a la puerta.

Abrió una mujer desaliñada, que vestía un traje negro de encaje que a todas luces debía contar más de veinte años.

Sus labios estaban pintados de rojo escarlata, pero mal delineados, y también noté el maquillaje sobre sus pestañas algo apelmazado.

Tenía los ojos verdes, intensos. Era lo único joven en medio de aquel rostro arrugado y algo tostado por el sol.

—Supongo que son policías. Ha sido terrible lo que pasó en el Salón Mattison. Ese pobre hombre, Martín Pool… Adelante —dijo sin más. Se dio la vuelta y comenzó a caminar al interior de la casa.

Anne me miró, desconcertada.

Observamos a Myrna Mattison caminar por el corredor que, suponíamos, terminaba en un salón.

En efecto, así era.

Una vez allí la mujer nos indicó dónde sentarnos.

La hoja de una ventana comenzó a batirse cuando una ráfaga de viento la movió, provocando un gran estruendo.

Sentí frío de nuevo, pero no uno tan intenso como horas antes.

La verdad que no era el momento para pensar en la decoración de ese lugar, pero es que no podía dejar de hacerlo. Había algo violento allí. Como si Myrna Mattison no tuviese orden, como si los otros no importaran, como si esta mujer no perteneciera a nada y no hiciera caso a ciertas formas sociales y espaciales mínimas. El movimiento de la hoja de la ventana me taladraba la cabeza y sonaba como una sentencia, como una cuenta regresiva. No sé por qué pensaba eso, pero así era.

La casa estaba llena de objetos empolvados, puestos por doquier sin ton ni son. Vi esculturas rotas, candelabros de pie y de mesa ennegrecidos, lámparas con las pantallas raídas y descoloridas; un horrendo títere puesto en mitad de la mesa del comedor. Su cara estaba manchada y su vestimenta rota. Era el títere de un payaso.

Además, el lugar estaba impregnado por un olor desagradable, como cuando los alimentos comienzan a descomponerse y se llenan de hongos visibles.

—Estoy preparando mi especialidad... —dijo y miró hacia una olla humeante que estaba recibiendo el fuego que se desprendía de una hornilla oxidada.

Sentí náuseas, unas imparables. En mi cabeza se mezcló el hallazgo del bosque, los sesos de Pool, con lo que allí hervía... Puse las dos manos en la boca del estómago.

—¿Es que estás enferma? —me preguntó ella y Anne se acercó a mí.

—Alexis..., Alexis.

—Será mejor que salgamos al patio trasero. Allí le pegará el aire —dijo Myrna Mattison.

Inspiré profundo y levanté la cabeza. Eso me mejoró.

Salimos al patio y, en realidad, sentir la brisa y el débil calor del sol que se asomaba en el cielo me hizo recomponerme. Había unas sillas de jardín de madera dispuestas. Eran tres. Nos sentamos.

—¿Ya estás mejor, querida? Lo ves. Nada como el aire fresco. El olor de las vísceras a algunas personas les produce ese efecto, pero solo cuando inicia el hervor —justificó Myrna Mattison.

—He visto muchos papeles sobre la mesa del comedor. No he podido evitar, sin quererlo, leer el título de una de las hojas. ¿Es usted lingüista? —preguntó Anne.

—Sí... lo soy. Lingüista y semióloga —respondió Myrna Mattison—. Estoy analizando unos símbolos. Los que creo deben haber dibujado junto al cuerpo de Pool. Yo los vi antes. ¡Porque a mí me eligieron!

9

—¿Cómo sabe eso? —preguntó Anne.

—Me enviaron un sobre ayer. En él había unos papeles con símbolos medievales dibujados con lo que creo es brea. Mi abuelo fue un magnate del asbesto, como bien sabe, pero sus antepasados en 1883 trajeron a este país el asfalto que hoy reposa en las calles de la ciudad de Nueva York. No solo en Nueva York, sino en las principales ciudades del país. Traía esa sustancia brillante del Caribe, de un pozo negro llamado el lago de Guanoco, en Venezuela. Pero en casa lo llamábamos el Gran Lago Negro, la tía Myrna y yo. Por ella me pusieron a mí ese nombre también. La quise mucho. A ella pertenecía Brandon. ¿Lo vieron? Me acompaña siempre en las comidas y en las cenas porque nadie debería estar tan solo como para comer sin compañía...

Brandon... el títere, me repetí.

—El hecho es que al ver esa sustancia, esa cosa viscosa en los papeles, me dije que debía tratarse de algo relacionado con mi familia. En mi familia había algo malo, sabe. Algo muy malo.

—¿A qué se refiere? —pregunté.

—Esa cosa, la brea, el asfalto les contaminó el cerebro. La ambición hace eso. Hubo un momento en que vendieron su alma a la posición y olvidaron el conocimiento. Y es este el que da libertad. Ese es mi parecer. El asunto es que sé que yo también debo recoger la siembra de los Mattison, y por eso no me extrañó que me enviaran ese sobre anónimo. Me dije: «Myrna, debes pagar los pecados de tus antepasados». Pensé que se trataba de alguien que me estaba recordando el mal que hicimos al ambiente, al mundo, infectando la naturaleza de ese combustible viscoso. Pero los símbolos me llamaron la atención. Son anteriores al siglo XIX. Bastante anteriores. Tanto como los de las sectas paganas y politeístas. Entonces comencé a investigar.

—¿Y qué ha concluido? —Quiso saber Anne.

—Todavía nada. Esto necesita tiempo. He escuchado que junto al cuerpo de Martín han hallado unos símbolos. Aquí se sabe todo de todos, y entonces me dije, ¿alguien se está vengando de los Mattison asesinando a los investigadores del Salón Mattison? Y eso es lo que creo. ¡Pero lo averiguaré! Solo no debo desconcentrarme, y ustedes lo están haciendo, me están desconcentrando. Me están desconcentrando mucho…

—Está bien, Myrna. Pronto nos iremos. Ahora nos gustaría saber por qué fue ayer al Salón Mattison, en la madrugada. Su coche fue visto en dirección al salón cerca de la dos —puntualizó Anne.

10

—Fui precisamente a investigar. El sobre llegó a esta casa sin remitente, ayer en la mañana. Estuve todo el día investigando, por eso el desorden. Pero recordé que en la biblioteca había un tratado único sobre la semiología politeísta y pensé que lo necesitaba. Así que salí, tomé el coche y fui al Salón Mattison, pero luego recordé que…, no lo creerán, el libro estaba aquí en casa. Di la vuelta y regresé.

—La cámara que la grabó registra que tardó exactamente una hora en regresar —completó Anne.

—No es posible… Aunque sí, sí lo es. Aparqué el coche frente al Salón Mattison y me quedé allí, meditando. No sabía que había pasado tanto tiempo, pero si la grabación lo dice, así será —afirmó con simpleza.

—¿Cómo describiría a Martín Pool? —intervine.

—Demasiado orientado a la fama. Eso contamina el alma de cualquier intelectual —respondió.

—Así que salió a buscar el libro, llegó al Salón, recordó que estaba en casa, se quedó allí cavilando y luego dio la vuelta y vino a casa. Eso fue todo. ¿No vio a Martín Pool?

—No lo vi. Solo vi a ese sujeto tan antipático y engreído: al profesor de teatro Leonard Blake. Me considero una persona de valores democráticos y por ello permití su ingreso en el Salón Mattison, pero la verdad es que me resulta exasperante. Blake llegó cuando yo me iba. Estoy segura.

—¿Podría mostrarnos el sobre y la carta con los signos? —solicité.

—Oh…, con mucho gusto lo haría, pero no puedo. Ya han venido otros de ustedes y se lo han llevado. ¿Es que no se comunican entre agentes? Es igual. Pídanlo a un hombre muy simpático llamado Bruce. Yo tengo mucho trabajo que hacer, si no se les ofrece nada más. Estoy analizando unos escritos pendientes. Hay un nivel actancial que comprende las acciones relatadas, y por supuesto también están los actores que despliegan dichos actos. Hay otro nivel funcional que tiene que ver con los roles que ejecutan las personas y un personaje maligno e importante, que es el puente. El que explica la esencia de las cosas, que yo diría, está representada en las flores rojas.

11

—Está como una cabra —dijo Anne cuando volvimos al coche.

En realidad, no entendimos nada de lo último que dijo Myrna.

—¿Ya te encuentras bien? Creo que deberíamos comer algo. Sé que ese lugar olía de espanto, pero creo que te vas a enfermar. Te noto pálida y tiemblas a cada rato. No te estará afectando de más este asunto de la secta, la división y... lo de tu padre..., ¿verdad?

—No puedo obviar que mi familia está ligada a esto, Anne. Así como Myrna Mattison también se siente responsable de lo que sea que hicieron los miembros de su familia, o al menos eso intentó hacernos creer. Pero no es eso. Hay algo en este lugar que me descompone físicamente. Por otro lado, no sé qué pensar de Myrna Mattison. No estoy segura de que esté loca en realidad. Un poco ensimismada tal vez. O es lo que quiere que la gente crea. Lo cierto es que no tiene coartada —concluí.

—Y está también el asunto del sobre y los símbolos. Voy

a hablar con Bruce. Si se ha llevado esos objetos, ya debe tener alguna información.

—Eso me llama la atención. Pudo haberse quedado callada y no hablar de eso. De alguna manera la implica con la escena. ¿Y qué? ¿Se envió a sí misma esa carta para luego decir que la recibió y despistar? Podría ser —convine.

Después tomamos camino en búsqueda de Leonard Blake, otra de las personas que había sido grabada en las cercanías del Salón Mattison.

Vivía en Delia, a veinticinco minutos de donde nos hallábamos. Tomamos la vía NH110 y nos detuvimos en una cafetería de camino para comer algo. Tal como dijo Anne, el sándwich me sentó bien. Parecía también que en la medida en que me alejaba del Salón Mattison y la vía más me recuperaba.

Llegamos a la ciudad.

Era pequeña, y lucía a esa hora como si estuviese despoblada. Pasamos frente a un jardín y luego frente a un centro comunitario, que mostraba sus muros pintados con vivos colores azules, turquesa y amarillo. Luego pasamos frente a las instalaciones del municipio y allí, en la avenida Nora, giramos a la derecha. Llegamos a una instalación que consideré la antítesis de la casa de Myrna Mattison. Se trataba de una vivienda de una sola planta que se situaba en medio de un jardín discreto y cuidado.

Tocamos a la puerta.

Enseguida abrió un hombre de alta estatura, de pelo rojizo encrespado y rostro hermoso.

—Hola. Más policías, supongo. Ahora mismo me encuentro en medio de una audición, porque la función debe continuar. —Fueron sus palabras.

—Somos las agentes Alexis Carter y Anne Ashton.

Agradeceríamos que nos concediera unos minutos de su tiempo —dijo Anne, persuasiva. Era ese su primer anzuelo para que las conversaciones fueran amigables. Si notaba resistencia, entonces endurecía el tono. Pero en este caso, no fue necesario.

—Adelante. Perdonen el desorden —respondió.

Entramos. En comparación con la casa de Myrna Mattison, aquello parecía un palacio. Era la típica casa de una persona que vivía sola; con algunos objetos fuera de lugar, pero nada que afectara el ambiente en general. Además había limpieza y buen gusto en la decoración. Tal vez demasiado ambiciosa.

Nos condujo al salón principal, donde se hallaban dos jóvenes; un chico y una chica. El chico era atlético y muy guapo. A la chica solo la vi de espaldas. Llevaba una larga melena color miel que llegaba hasta su cintura y revelaba unos bucles ligeros en las puntas. Los dos se dirigieron a la cocina mientras hablaban y reían.

—Pues siéntense y pregunten —invitó Leonard Blake.

—Aunque ya haya dicho lo mismo a nuestros compañeros, nos gustaría que nos volviera a relatar lo que hizo anoche, por favor. Comprenderá que lo sucedido en el Salón Mattison, el asesinato de Martín Pool, es un hecho de gran gravedad —dijo Anne, excusándose.

Por fortuna, Leonard Blake no la conocía, pues de haberlo hecho se habría dado cuenta de que esa posición no le resultaba cómoda. A mí tampoco. Me refiero a la repetición de entrevistas a las personas de interés; las de la División Experimental Empática por una parte, y la de nosotras por otra.

—Miren. Yo voy a cada momento al Salón Mattison. Y anoche también lo hice. No sé si han visto el anfiteatro. Es una maravilla, y es solo eso lo que me mantiene en este lugar perdido en medio de la nada. Pero resulta que el anfiteatro está bastante lejos de la biblioteca, y no sé ni vi nada. Estacioné mi coche, anduve por el lateral de la edificación principal, llegué a la zona posterior y tomé la caminería para dirigirme al anfiteatro. Allí permanecí un par de horas y luego volví sobre mis pasos.

—¿A qué hora fue eso?

—Entre las dos y las cuatro de la mañana. Es cuando mi inspiración es mayor. Eso depende del biorritmo de cada uno.

—¿Y qué hacía específicamente? ¿Por qué inspirarse allí y no aquí en casa? —cuestioné.

Me miró con un brillo casi imperceptible de violencia, pero que yo detecté.

—Porque estaba probando una canción. Como esta se amplificaba en la sala, que tanto trasmitía lo que buscaba, usted comprenderá que eso no puedo hacerlo aquí en casa porque todavía no tengo mi propio anfiteatro —respondió retador.

—Así que también compone —dijo Anne, intentando romper el ambiente de incomodidad que se había generado.

—Sí. También compongo. De hecho, eso fue lo que primero hice, antes de escribir guiones y dedicarme a las tablas.

—¿Qué ensayan? ¿Cuál obra? —pregunté.

—Una creada por mí. Sobre una mujer que se desdobla de forma tal que su cuerpo queda en casa y su alma se interna en el bosque para encontrarse con su amante, y al hacerlo adquiere otra vez corporeidad, ya que lleva una aburrida vida junto a su esposo, y la vida tiene que ver con la pasión, y la muerte, con la rutina. Se llama *El llamado de la lechuza*, y ella, Tiffany, lo hace perfecto.

En ese momento los chicos volvieron de la cocina.

La joven volteó y me miró. Era la misma mujer que vi en mi cabeza en el bosque. La chica Botticelli que estaba aterrada.

¿Es que lo que había percibido, ese miedo y ansiedad en ella, era solo una actuación?

¿Es que Tiffany actuaba en el bosque o lo había percibido porque el anfiteatro se hallaba muy cerca de esa área?

12

—¿En qué época se centra la historia? —pregunté.

—En el siglo XVIII. Extraña pregunta —respondió.

—¿Para encarnar el personaje practicas en el bosque? —pregunté a Tiffany.

—Sí. Claro. Me gusta interpretar de lleno los papeles —respondió ella, sonriente.

—Veo que le interesa mi trabajo, agente Carter —completó Leonard Blake—. Justamente por mi trabajo entablé comunicación con Martín Pool. Él era un buen historiador y quería precisar algunas cosas en relación con mi historia. Se centra en la época de los colonos, y este amor del personaje femenino tiene lugar en el marco de las tragedias que tuvieron lugar en estos bosques.

—¿Qué tanto conoció a Martín Pool?

—Solo lo necesario. No era muy simpático, pero sin duda era una eminencia en lo suyo. Me dio varios detalles históricos que he sabido aprovechar —respondió Blake.

En ese momento, a mi móvil llegó un mensaje de Rossy: «Leonard Blake fue investigado en el caso del suicidio de una adolescente en Los Ángeles, California. Beatrice Gildon se llamaba. Sus padres estaban convencidos de que él había sido una mala influencia para ella y lo culpan del hecho. Sin embargo, el asunto quedó en nada. Pensé que debían saberlo».

Volví la mirada a Leonard.

«El poder es la influencia que ejercen sobre ti, sobre alguien. Lo que percibí de Tiffany no era una actuación. Estaba afectada en realidad porque él, Leonard Blake, las lleva a la cumbre, les alimenta la fantasía de que serán unas actrices increíbles y luego, cuando cometen un error en una línea del diálogo, o en un movimiento sobre las tablas, las lleva directo a la caída, al abismo. Eso es lo que hace».

Tal fue mi razonamiento en ese momento.

—¿Y tu profesor es muy exigente? —le pregunté a la chica y aguardé. Luego no la miraba a ella, sino a él. Sabía que la chica no me diría nada malo sobre Leonard, pero pensaba que podía detectar algo en la mirada de él que me condujera a pensar que había sido descubierto en su exigencia para con las aprendices.

Y en realidad pasó. Noté temor en él. Miró a la chica de una forma amenazante.

—Oh…, no. Tengo el mejor profesor de teatro del mundo —respondió Tiffany.

Al notar que ella no podía contrariarlo de ninguna manera, ni siquiera señalar de él algún defecto, comencé a considerar que Leonard Blake era un sujeto controlador en extremo. ¿También sería un asesino?

13

Le dije a Blake que necesitábamos preguntarle una cosa más, en privado.

Pidió a los chicos que se fueran de casa. Tiffany y el otro joven se marcharon de inmediato y continuaron hablando de algo que no pude entender.

Cuando nos quedamos solas con Leonard, le pregunté qué había sucedido con Beatrice Gildon en California.

Anne no se sorprendió. Antes había visto que ella también había mirado un mensaje en su móvil. Debió ser el mismo de Rossy.

—Pues ya me parecía extraño que no me preguntaran sobre eso. Le diré lo que pasó con Beatrice. Tenía trece años y era una chica muy infeliz. Fue mi alumna. Una brillante y encantadora chica que además se había ganado a pulso el papel protagónico de Dorothy en la adaptación que yo había hecho de la obra *El mago de Oz*.

Hizo una pausa de repente.

—Continúe, por favor —pedí.

Parecía estar recordando algo.

—El día de la presentación de la obra fue la familia de Beatrice. Su madre, su padre y su hermana Yela, una chica con un increíble parecido a mi alumna, pero de unos veinte años más o menos.

—¿Cuánto tiempo llevaba siendo maestro de teatro de Beatrice? —preguntó Anne mientras se guardaba el móvil en el bolsillo de la chaqueta.

—Un año, desde que comencé a trabajar en esa escuela, Hillcrest. Ella fue inscrita en ese curso escolar. Creo que su familia se había mudado hacía poco tiempo a ese lugar. Ella era una chica excepcional. ¡La mejor alumna que he tenido en mi vida!

Volvió a hacer silencio.

—¿Qué le hace preguntar eso último? —Quiso saber Leonard, arrugando la frente. Luego creo que renunció a lo que le había llevado a hacer esa interrogante con cierta arrogancia. Me pareció que era un sujeto con mal carácter.

—Son ustedes las que cuentan con la formación profesional, quienes pueden hacerse una idea de las personas con rapidez. Yo solo soy un maestro de Literatura y teatro que antes formaba en escuelas, y ahora he sido premiado con esta plaza de trabajo en el Salón Mattison. Pero es que soy capaz de notar cosas, detalles en las personas, y luego no me quedo tranquilo hasta que no comprendo del todo de dónde vienen esos detalles y a qué se deben. Sé que no me estoy explicando bien…

—Adelante —pidió Anne.

—Les decía que tengo una capacidad de observación bastante despierta y también mucha imaginación. Y recuerdo que cuando esa chica, Yela, se acercó a Beatrice, noté algo tenso. Fue lo mismo que cuando su madre y su padre se acercaron y la felicitaron cuando acabó la función.

Recuerdo que él llevaba unas flores en la mano, eran rosas rojas, pero estaban marchitas. Me dije, «las acaba de comprar en la floristería». Pensaba en un lugar a pocos pasos del anfiteatro donde hicimos la presentación de la obra. Sería capaz de jurar que ese hombre compró a última hora las rosas de camino al anfiteatro.

Hizo silencio un segundo y luego continuó.

—He estado en esa florería y he notado que venden las rosas más allá de lo que deberían, no tan frescas. Recuerdo los pétalos marchitos y oscuros de las rosas que le entregaron a Beatrice como si fuera hoy. Fue la demostración de su poco cariño para con ella.

Hablaba con rabia, con resentimiento.

—Además, hubiese podido comprar flores más alegres y acordes con el espíritu de Beatrice. La madre la abrazó, creo que con demasiado entusiasmo, lo cual me llevó a pensar que ese acto no era sincero. Eso, unido a que a Beatrice la inscribieron en la escuela a destiempo, me hizo decirme a mí mismo que eran padres descuidados, pero con toda la intención de pasar por perfectos.

—Bien. ¿Y qué pasó con la chica, con Beatrice?

—Que entonces su hermana se acercó también. Todo eso fue tras el telón. Llegó, miró a Beatrice y sonrió. Le dijo que había estado bien. Después se le acercó más y le dijo algo al oído. En ese momento la cara de Beatrice cambió. No sé si les ha pasado que se puede ser capaz de comprender el pensamiento que la persona está desarrollando con solo ver su rostro. Eso me sucede con frecuencia cuando observo a los niños y los adolescentes.

—¿Y qué era lo que «estaba desarrollando» Beatrice? —pregunté.

—Creo que su hermana le dijo algo que le dolió, pero

luego lo superó. Pienso que aquello era un juego que las dos estaban acostumbradas a jugar. Quiero decir que Yela estaba acostumbrada a jugar con su hermana menor. Un juego lo suficientemente cruel como para molestarla, pero lo suficientemente sutil como para pasar desapercibido ante los demás.

—¿Cree que eso la condujo al suicidio? ¿Ese trato cruel que recibía en casa? ¿Le dijo algo a usted después de ese día de la función? —interrogué.

—No. Nunca me habló de su familia. No hablamos de eso en clase ni en los ensayos. Yo creo que el teatro es un espacio de libertad para los niños y los jóvenes. Y eso significa dejar a la familia a un lado. Del suicidio de Beatrice no puedo decir nada, pero estoy seguro de que hay que buscar la causa en esa casa, en esa horrible familia. Algunas familias son un infierno, se lo aseguro. Sin embargo, hasta en el infierno hay tablas de salvación, y me consuela pensar que la actuación fue para ella algo así, aunque al final todo fue inútil.

—Gracias por su tiempo, Leonard Blake. Si necesitamos hablarle de nuevo lo contactaremos.

—No iré a ninguna parte. Aquí me encontrarán. Y si desean asistir al estreno de mi obra, puedo conseguirles asientos en primera fila. Al menos ustedes hacen preguntas más interesantes que la otra pareja que vino.

14

—¿Y bien? ¿Qué opinas de Blake? —me preguntó Anne de vuelta en el coche.

—No lo sé. Su mundo de interés está muy centrado en jóvenes, en niños, en personas influenciables. Para ellos podría ser un dios. Creo que disfruta influyendo a los otros. Así se siente poderoso. Eso puede ser un rasgo sociópata. Pero de allí a que sea el asesino…, no lo sé.

—Pediré a Rossy que indague todavía más en su vida. Lo cierto es que no tiene coartada. Tampoco podemos descartarlo —argumentó Anne.

Nos faltaba hablar con dos personas: Johana Fischer y Hebert Mallín.

Johana Fischer es la administradora del Salón Mattison y Hebert Mallín se encarga de la programación de la emisora de radio que existe en la edificación.

Los Mattison históricamente fueron mecenas de las artes y algunos de ellos fueron músicos. Las entrevistas a diversas personalidades eran grabadas y retransmitidas en la emisora, así como conciertos y temas de interés para la comunidad de estudiantes. El encargado de gerenciar todo acto cultural transmitido también era Hebert Mallín.

Johana Fischer había sido una alta gerente en una empresa ubicada en Nueva York y de la noche a la mañana renunció a ese cargo para venir a Kansas. Eso resultaba llamativo. Podría haber sido reclutada por la oscuridad. No era común que alguien cambiara la ciudad de Nueva York como ciudad de residencia por Delia, sobre todo siendo desde siempre citadina, como era el caso de Johana Fischer. Ya Rossy nos lo había aclarado en uno de los documentos que nos había enviado, así como el perfil de Mallín. Pedí a Anne que fuésemos primero a ver a Johana Fischer.

—Esperemos que sea menos loca que Myrna Mattison y menos engreída que Leonard Blake. Ya de locos y ególatras vamos completos… —comentó Anne en voz baja.

Me hizo gracia. Era con ese tipo de comentarios que Anne solía hacer un poco más llevadero el enfrentamiento contra la maldad que solíamos toparnos, y en este caso intuía que iba a hacerme más falta que nunca ese humor especial de Anne Ashton. No me gustaba sentirme mal físicamente, y desde que bajé del avión había sentido frío, náuseas, mareos. Esperaba que pasaran.

—¿Con quién has dejado a los chicos? A Mickey, que había estado enfermo. No sé si te has dado cuenta de que hoy estamos aquí y no sabemos hasta cuándo lo estaremos —completé.

—Ellos están bien, con su padre. Los cuida mejor que yo.

—Eso no es posible —respondí y sonreí.

Ella también lo hizo.

—Es verdad. Nadie los quiere más que yo, pero él también los quiere un montón. Lo de esa mujer que mató a sus hijas porque su pareja la dejaba, para vengarse de él a través de ellas…, es de las peores cosas que…, no lo sé. Yo podría matarla con mis propias manos si la tuviese frente a mí. Es que hay cosas, Alexis, que uno jamás va a entender así estudies mil años y comprendas montañas de argumentos en este trabajo. Con eso que hizo esa madre no podré.

Sabía que el caso de Alma Manning la iba a afectar, y eso era lo que me temía. En ese momento estábamos bien, pero presentía que este caso haría añicos los nervios de acero que debíamos tener para enfrentarlo. Que nos daría allí donde más nos dolía a cada una.

No sabía, en ese instante, qué podría pasarme a mí, pero sabía que tenía que ver con la crueldad. De todo, era la crueldad humana la que me descomponía, y también sentir el miedo, experimentarlo en carne propia, el miedo de las víctimas. En ese momento sentí miedo de sentir miedo.

—¿Te pasa algo, Alexis? ¿Vuelves a tener frío? ¿Aumento la calefacción del coche? —preguntó Anne.

15

JOHANA FISCHER nos recibió en su oficina particular, fuera del Salón Mattison, en la ciudad de Delia en la calle Jackson, muy cerca de una iglesia bautista.

Aquel era el lugar donde Johana Fischer nos había citado cuando recibió nuestra llamada.

Se trataba de un pequeño edificio de dos plantas. En el rótulo de la puerta se leía «Rival, C.A.».

Anne y yo supusimos que Johana Fischer no solo trabajaba en el Salón Mattison, sino que además formaba parte de esa empresa con este nombre tan singular.

Cuando toqué la puerta para empujar, vi en mi cabeza un pez, como una trucha o algo similar, dando saltos fuera del agua. Iba a morir. Esa visión me llenó de asombro y emoción a la vez. Era algo ambivalente. Duró solo unos segundos. De repente desapareció, pero esas emociones imprevistas que me transmitió me pusieron en alerta.

Entramos. Nos invadió un agradable olor a pino.

Una mujer de baja estatura y de contextura delgada nos

recibió. Vestía con un impecable traje negro y blanco. Me fijé que tenía un lunar en forma de medialuna en la parte alta del cuello. Podía verse por encima de la tela del cuello de la costosa blusa. Sus facciones eran corrientes y en general no tenía nada llamativo, pero en conjunto resultaba un rostro agradable.

—Hola. Soy Johana. Adelante, por favor. Siéntense donde gusten —dijo, señalando hacia un juego de butacas y un sofá de cuero negro.

Nos acomodamos allí.

—Las he citado aquí porque supongo que todavía están haciendo pesquisas en el Salón Mattison. Ha sido realmente espantoso lo que ha pasado —opinó.

—Johana, muchas gracias por recibirnos. Nos gustaría contar con más detalles sobre quién era Martín Pool. Hacernos una idea de cómo era. ¿Cómo describiría su relación con él? ¿Qué tanto lo conocía? —preguntó Anne.

—Pues casi nada. Nos cruzábamos algunas veces en los pasillos del Salón y nada más. La verdad no me parecía un sujeto agradable.

—¿Por qué lo dice? —cuestioné.

—Son esas cosas que uno nota sin buscarlo. Lo vi tomando con rabia un insecto, uno que se había posado sobre el parabrisas de su coche, una tarde. Y luego, cuando el animal cayó al suelo, lo aplastó con el zapato. Ese acto innecesario me desagradó. Pero no me crean tonta. Sé que no significa nada. Es que a veces le doy mucha importancia a los detalles.

—¿Le gustan los animales, Johana? —pregunté.

—¿Que si me gustan los animales…? Ya lo creo que sí. —Sonrió.

Al hacerlo, pareció más joven.

—Solía ir a pescar truchas con mi padre en el embalse de Pineville. Teníamos, quiero decir, mi padre, tenía un negocio de suministros de pesca en el centro de Portland, cuando yo era muy chica. Luego me mudé con papá a Nueva York. Y la verdad sufría horrores las primeras veces que veía como los peces morían asfixiados. Creo que desde allí he quedado con una sensibilidad especial. No lo sé.

—Ya —dije.

—Pues no habrán venido a hablar de mi pasado ni a escuchar tonterías sobre Pool, porque la verdad es que no tengo ninguna información relevante sobre él ni cómo era, ni quién pudo odiarlo tanto como para hacer lo que le hicieron —completó.

—¿Usted cree que a Martín Pool lo mataron porque lo odiaban? —preguntó Anne.

—Pues sí. Eso creo. ¿Por qué otra razón iba a ser?

—Algunas personas matan por dinero, por venganza, por placer —agregué.

—Sí. Es verdad. Dicen que hallaron unos símbolos en torno a su cuerpo. Eso escuché por allí. Pero la gente dice muchos disparates. Si fuera cierto, entonces también podría ser un crimen religioso, ideológico. Para mí la religión es el germen de todos los males. Y la culpa, que se empeñan algunas en promover, impulsa a las personas a cometer muchos errores, además de que las hace predecibles. Pero eso es otra cosa.

—¿Quién le ha dicho lo de los símbolos?

—Raquel Bowen. Una de las empleadas del Salón. Bueno, en realidad Raquel Bowen es la dueña de la cafetería a la que solemos ir quienes trabajamos allí. La que se ubica en el ático. No sé cómo lo supo ella, la verdad.

También he hablado con Myrna…, con Myrna Mattison. Está impresionada con lo sucedido.

—¿Por qué usted fue anoche al Salón Mattison? —preguntó Anne.

—Ya lo he dicho, pero puedo repetirlo. Fui a alimentar a los gatos salvajes que viven en el bosque. Algunos dicen que son linces rojos, pero yo no lo creo. Normalmente los alimento antes de salir del Salón, es decir, dejo la comida en el bosque para ellos, pero ayer salí un poco descentrada de casa y olvidé el envase con la carne. Cuando llegué a casa en la noche, a las diez, tomé la cena, también un baño, me puse ropa cómoda y luego no pude dormir pensando en ellos, en los gatos. Así que me vestí de nuevo y salí a llevarles la comida olvidada.

—Su coche fue visto en dirección al Salón Mattison a las tres y cuarto de la madrugada. ¿Fue a esa hora que se dirigió para alimentar a los animales? —preguntó Anne algo incrédula.

—Sí. Debió ser a esa hora.

—Entonces usted llegó, estacionó el coche, se bajó, se dirigió al área del bosque, y allí dejó el alimento. ¿Cuánto tiempo le tomó hacer eso, o es que hizo algo más? ¿Ingresó en la edificación? —Quise saber.

—No ingresé. Hice justamente eso que usted ha dicho y nada más.

Me parecía extraña la actitud de Johana Fischer; no se inmutaba, ni manifestaba una mínima señal de molestia ante nuestras preguntas.

En mi experiencia, las personas, incluso las inocentes, en algún momento de las entrevistas dan señales de molestia, de inconformidad del tipo «¿por qué me preguntan eso?... ¡Yo no he hecho nada malo!». Pero Johana Fischer era como un muro.

—¿Entonces por qué su coche fue visto de vuelta cuarenta y tres minutos después de que se registrara su tránsito de ida? —interrogó Anne.

Ni siquiera en ese momento, ante la pregunta directa de Anne, Johana Fischer se alteró.

16

—Debió ser así. No dejo la carne cruda en un solo lugar. La voy poniendo en distintos lugares a lo interno del bosque. Es la mejor manera de alimentarlos. Es como un juego para ellos. Sería demasiado fácil conseguir todo el alimento en un mismo lugar. No sé si tardé tanto tiempo…

—¿Me permite que le haga una pregunta de carácter más personal? —intervine.

Ella me miró y asintió.

—¿Por qué ha dejado Nueva York para venir a Delia?

—Sí. Concedo que es extraño. Verá, mi anterior trabajo conjugaba mis dos profesiones. Soy administradora, pero también soy química. Era la vicepresidenta de una empresa farmacéutica. Pero en algunos momentos una tiene que tomar decisiones trascendentes, girar el timón de manera drástica, y eso fue lo que hice. No estuve de acuerdo con unas políticas de actuación de la nueva presidenta y decidí renunciar.

—¿Y por qué venir aquí? —insistí.

—Había conocido, por casualidad a Myrna Mattison.

Su coche se averió justo en la salida del hotel en donde la empresa para la que trabajaba organizó un seminario. La auxilié esa noche. Ella me dijo amablemente que si podía hacer algo por mí alguna vez, la contactara. Y eso hice. Quería cambiar de aires. Las ciudades, en algún momento de la vida, llegan a cansar —afirmó.

—Bien, Johana. Gracias por recibirnos. Si necesitamos algo más, nos comunicaremos otra vez —dijo Anne, cerrando la conversación.

Nos levantamos y ella, Johana, me rozó parte de la pierna al pasar por mi lado. Entonces la vi de pequeña junto a un embalse al lado de un hombre de unos cuarenta años que manipulaba una caña de pescar. Ella lo admiraba.

Como en una película, tuve acceso a varios momentos de la vida de Johana Fischer. Aquello, de esa manera, era la primera vez que me sucedía con tal nivel de detalle. La vi ir a pescar con su padre otra vez, llevando ahora un vestido azul oscuro. Además, con un libro de ciencias bajo el brazo. Pasó horas en silencio, mientras él pescaba, ella leía. Lo supe por el cambio en la claridad del cielo. Después, él preparó el pescado allí junto al embalse y a ella le gustó el olor que desprendía el animal. A su padre le gustaba cocinar. Regresaron a casa por la noche después de un viaje de tres horas.

La visión desapareció, pero tuve la impresión de que, si mantenía el contacto, podría saber más. Eso era lo que esperaba.

17

LE TENDÍ LA MANO. No sabía lo que estaba pasando en mi cabeza, pero la claridad de la visión me entusiasmó a buscar más.

Johana Fischer me dio su mano, algo extrañada. Ahora la vi más grande, quizás de doce años. Llegaba a una escuela. No era popular. Llevaba gafas y era muy callada. Pero sus compañeros de clase sabían que ella siempre tenía todas las respuestas, incluso a las preguntas más difíciles. La llamaban «Fischer Supercatálogo». Eso no la molestaba. Le gustaba sentirse superior. De repente, una niña sentada junto a ella en el salón de clase dijo algo horrible para Johana: «Ella ha dejado a los hámsteres sin comida a propósito y encerrados en la jaula con el fin de registrar quién era el más apto».

Johana la odió con furia. «Ha sido un acto cruel», completó la chica. Johana mintió y dijo que se había olvidado de alimentar a los animales, pero llevaba un diario, un cuaderno de observaciones en el que dejaba claro que la inanición de los roedores había sido a propósito. Su compañera de clase le quitó el cuaderno y se lo mostró a la profesora de Biología. Su padre fue convocado a la escuela. La apoyó y dijo que Johana era una genio y que alguien así no podía ser amonestada por reglas insensatas, ya que su hija estaba haciendo un estudio por iniciativa propia sobre los individuos en momentos críticos, en los que la supervivencia estaba en riesgo. Y que aquello era algo grande. Que ella estaba destinada a hacer «grandes cosas». Agregó que las notas de su hija mostraban que el individuo identificado había sido el que inició el ataque a sus compañeros de la jaula, y el que había sobrevivido. Johana amó más que nunca a su padre…

—Alexis… ¿Me estás escuchando? —oí que dijo Anne en voz muy alta.

Me encontraba dentro del coche.

No supe cómo llegué allí.

Lo último que recordaba era haber estrechando la mano de Johana Fischer y esas visiones complejas, continuas, como si estuviese viendo una película que supuse eran como extractos de días del pasado. Debían referirse a momentos específicos que ayudaron a construir su personalidad.

—Perdona, Anne. Me he ausentado unos instantes… —alcancé a decirle.

—Pues sí. Comenzaste a caminar despacio y estuviste callada de repente. ¿Es que has percibido algo? —Quiso saber.

—Sí. Johana Fischer es una mujer…, no lo sé…, capaz de justificar cualquier acto si este la ayuda a conseguir sus objetivos. Eso creo. Tiene que ver con su crianza y su personalidad, además de con su inteligencia. Tendremos que pedirle a Rossy que indague más sobre esa nueva presidenta con la que no concordaba en Nueva York. Tal vez se enteró de algo que ella hiciera. Algo malo.

—¿La crees capaz de pertenecer a la secta o de actuar bajo sus creencias, en soledad? —preguntó Anne.

—No lo sé. No me parece alguien que quiera pertenecer a un grupo. Es solitaria. Pero sí creo que podría ser una asesina —me sorprendí a mí misma, diciéndolo.

Luego conté a Anne todo lo que apareció en mi cabeza.

18

—¡Vaya! Me resulta aterrador eso que eres capaz de ver — reconoció.

A mí lo que me resultaba aterrador era haber perdido la consciencia de la realidad y del movimiento de mi propio cuerpo mientras veía las visiones en mi cabeza. Sentirme mal era una cosa, pero esas lagunas eran otra muy diferente.

—Terminemos con el último sujeto de interés y luego te aseguro que me va a oír Bruce Chapman. No me parece sensata esta repetición de acciones en paralelo, deberíamos actuar en conjunto, articulados —se quejó Anne.

Nos faltaba conocer a Hebert Mallín para hacernos una idea general de todos ellos y luego definir una línea de acción.

Quedamos en ver a Mallín en una cafetería en el piso a boca de calle de un edificio donde se encontraba la sede de una emisora de radio de tradición, en la ciudad de Delia. Quedaba a pocos metros de la oficina de Fischer. La emisora se llamaba Bawden.

El lugar lo propuso él una vez que recibió nuestra llamada. Manifestó estar muy ocupado y no poder desplazarse a ningún otro lugar. Además, mostró desconcierto y cierta molestia porque ya «otros agentes» lo habían entrevistado.

Llegamos al lugar y allí estaba él, esperándonos en una de las mesas. No había nadie más en el lugar, ningún otro cliente.

Era un hombre joven, de unos veintitantos años. Llevaba el cabello cortado de forma bastante convencional con la raya al medio. Tenía los ojos pequeños y muy juntos, los brazos delgados y las manos alargadas. Vestía *jeans* y una chaqueta negra. Me fijé en un pequeño brillante que destellaba en el lóbulo de su oreja derecha.

—Bien, ustedes dirán. —Fueron sus palabras apenas nos sentamos a su lado en la mesa.

Una chica se acercó para preguntar si deseábamos consumir algo. Anne pidió un café frío y yo un americano. Esperamos a que ella se fuera y Anne tomó la palabra.

—Estamos investigando la muerte de Martín Pool… —comenzó a decir, pero fue interrumpida por Mallín.

—Ya he dicho todo lo que sé, y eso se resume a nada. No sé nada de Martín Pool más allá de que íbamos a hacerle una entrevista en la radio del Salón Mattison y luego que dijo que iría, no se presentó. Algunas personas son así de irrespetuosas con el tiempo de los demás —afirmó.

Luego de eso, miró un reloj de pulsera que llevaba en el brazo derecho. Su correa era dorada y de metal.

—Bien. ¿Así que no conocía a Martín Pool? —insistió Anne.

Hebert Mallín movió la cabeza con algo de hastío contenido.

—¿De qué se trataría la entrevista? —pregunté.

—Estaba delirante. La entrevista la solicitó él mismo porque dijo, y cito textualmente: «He logrado descubrir algo que cambiará la historia». Ustedes me dirán…, el problema con los intelectuales es que son demasiado egocéntricos.

—¿Y no sabe a qué se refería? —preguntó Anne.

—Pues era investigador de historia medieval. Supongo que a alguna teoría sobre algo que sucedió en esa época, no lo sé. Después de todo, qué diantres se puede descubrir hoy en los libros que no se haya descubierto antes. Además, no estamos en Italia o en Grecia. Este no fue el lugar de los acontecimientos más importantes en ninguna época. Me refiero a que, si nos halláramos en Venecia, o fuéramos arqueólogos, sí podría creerse que se encontró algo —dijo mientras agrandaba un poco los ojos—. Pero aquí, lo dudo mucho —concluyó, comprimiendo luego los labios.

Me pareció que en realidad estaba resentido, quizás no tanto con Martín Pool, sino con el tipo de persona que para él era Martín Pool; un hablador de tonterías.

—¿Cuánto tiempo lleva trabajando en el Salón Mattison? —pregunté.

En ese momento llegó la chica con la taza de café humeante y el vaso que contenía el café frío de Anne.

Cuando ella los puso en la mesa, me di cuenta de que Mallín había tomado una taza grande de café y también una botella de agua mineral. Pidió a la chica que nos atendía otra taza de café con crema, y le dio una indicación sobre la cantidad de crema que deseaba. Ella asintió y se fue.

—Tengo tres meses allí. En mi profesión uno debe buscar varios trabajos para vivir más o menos dignamente.

—¿Y qué hacía en la madrugada en el Salón Mattison? —preguntó Anne.

—Necesitaba ubicar unos discos en formato antiguo, que se guardan en la estación de radio. Son las grabaciones del padre de Myrna Mattison. Era músico y compuso varias piezas que en estos días se recrean, porque se cumplen años de la tragedia.

—¿De qué tragedia habla? —interrumpí.

—Del incendio del Salón en su construcción original, donde murieron doce niños. De eso hace cien años. Allí se desarrollaban actividades para pequeños.

—Nadie nos había hablado de ello —reconocí.

—Ya. Si hay algo más que pueda hacer por ustedes…, no tengo mucho tiempo disponible —acotó.

—¿Por qué no buscó esos discos más temprano? ¿Por qué ir a las… dos y media de la madrugada al Salón? —cuestionó Anne.

—¿Es que eso es un delito? Fui a esa hora porque me desocupé aquí, en la emisora del piso de arriba, donde trabajo como un esclavo, a las doce de la noche. Luego me comí un bocadillo en el bar de la esquina, donde ya me conocen y pueden preguntar si lo desean. Estuve un rato en el bar editando unos archivos en mi ordenador mientras tomaba Coca-Cola, y después me dirigí al Salón. Pude haberlo hecho hoy, pero quería tener el trabajo avanzado para cuando Myrna Mattison me preguntara por ello.

—¿Cuánto tiempo estuvo en el Salón Mattison?

—No lo sé. Una hora o así.

—¿No escuchó nada extraño? —pregunté.

—No.

—La emisora radial no está tan distante de la biblioteca donde se halló el cuerpo de Martín Pool —completé.

—No. Está bastante cerca, pero no escuché nada en absoluto.

—Supongo que nadie puede comprobar lo que nos ha dicho —completó Anne y la noté un tanto hostil en su entonación. Algo de Mallín había logrado sacarla un poco de su actitud natural ante los sospechosos.

—Supone bien. Estaba solo…, aunque espere… sí que vi algo extraño, ahora que lo recuerdo.

19

—Cuando salía en busca del coche, vi a una mujer en el bosque. Vestía un abrigo oscuro con capucha y solo pude verla de espaldas. Me extrañó porque no pude explicarme quién diablos podría estar haciendo algo en el bosque a esas horas.

Hizo una pausa y movió su cuerpo hacia atrás de manera displicente.

—Sé que algunos fanáticos «intelectuales» se obsesionan con sus lecturas y pierden la noción del tiempo. Estar en un cubículo de trabajo o incluso en una biblioteca es una cosa. Algo que por cierto alegraría a Myrna Mattison, quien se vanagloria de contratar a todas las personas obsesionadas con el trabajo del mundo. Pero de allí a deambular en el bosque en una noche tan helada me parecía una verdadera locura.

—¿Cómo sabe que era una mujer si la vio de espaldas y con un abrigo con capucha? —puntualicé.

—Me pareció una mujer. Pero no sé por qué.

Se calló unos segundos y luego movió la cabeza hacia

un lado, mostrando una expresión como si estuviera recordando algo.

—Tal vez por la forma de moverse. Pero sí que podía ser un hombre, en realidad. Oigan... ustedes deberían ponerse de acuerdo para tratar con las personas. Los que me interrogaron antes me han hecho casi las mismas preguntas que ustedes dos. ¿No es eso poco eficiente? ¿O es que no se comunican entre ustedes? —dijo, despectivo.

Llegó la chica con el café que Mallín había pedido. Apenas con mirarlo dio una seña de desaprobación. Volvió a contraer los labios.

—Qué diablos... —susurró.

Anne pidió la cuenta de nuestro pedido, pero Hebert Mallín la detuvo.

—No. Déjelo. Todavía puedo permitirme invitar un par de cafés de esta categoría a quienes cumplen su deber —comentó.

Me pregunté si la antipatía de Hebert Mallín era real o si no era tan antipático y se esforzaba por parecerlo.

—Otra cosa. Mi tatarabuela murió en ese incendio. Para mí tiene una significación especial la música que se compuso en honor de esos pobres niños. Puede que por eso me haya quedado en la emisora del Salón más tiempo del necesario.

PARTE III

1

SUCESOS EN DUBLÍN, 1900. CONSULTA PSIQUIÁTRICA DEL DOCTOR S. E. CHARCOT

—¿Cuándo decidió usted convertirse en «fantasma»? —preguntó el psiquiatra, explicándose a sí mismo que la palabra «fantasma» era sinónimo de «asesino» en la mente de su nuevo paciente. Este era un hombre que había trabajado en la biblioteca de la universidad.

—No fue un asunto de un solo momento. Fue una transformación sostenida que me ha traído hasta aquí. Y estoy satisfecho porque he sacado a pasear a todos los asesinos de la Tierra. ¡Eso sí es una imaginación poderosa de mi parte! La debilidad es lo más patético que existe, y cualquier amabilidad es una prueba melodramática de debilidad. Para que me entienda, voy a explicarlo de esta forma: me provoca matar a cualquiera que se describa como un sujeto que ama la tolerancia y mantiene que eso lo ha aprendido de la mano de su padre o de su madre. Es tan sentimental...

El hombre con lentes oscuros y sombrero negro, que hablaba aquella tarde del 15 de enero, tuvo cuidado de modificar la inflexión de su voz, fingiéndola mucho más aguda y afectada, para continuar diciendo:

—La gente es, por naturaleza, bondad...

Al finalizar la frase, el hombre había dejado la boca abierta y mostraba los dientes haciendo una mueca desagradable. Era evidente que odiaba a aquel o a aquella que remedaba. Luego continuó hablando, pero esta vez con su entonación verdadera, que mostraba una voz de templanza menos femenina:

—La primera vez que escuché eso no pude parar de reír durante un buen rato. El mundo real que arropa a esta ciudad debe ser terrible para los seres románticos, y por eso se inventan ese mundo que no existe en ninguna parte. Alardean de imaginación, pero no la tienen en absoluto. Nunca conocieron el valor de la explosión, que es la que te hace protagonista y no un impotente «don nadie». Me refiero al valor de la destrucción.

—¿Usted sí conoce ese valor? —preguntó el psiquiatra.

—¡Por supuesto! Le he dicho que soy un fantasma, pero no quiere creerme. Y como fantasma, puedo destruir cosas sin preocuparme por el peligro. En resumen, nunca me ha gustado la gente. ¡Menudos cretinos! Yo, en cambio, la odio. Algunas veces me provoca salir a matar gente antipática e inútil, pero me conformo con cazar animales en el bosque del que le hablé. Les quito los sesos y me los como con papas. Debo reconocer que nosotros los fantasmas no tenemos sustancia. Es decir, no seríamos nada sin esos idiotas a los que nos oponemos. Ellos seguramente estuvieron primero, pero eso no importa, porque hoy están débiles y con la moral volándoles la cabeza. En cambio, yo puedo nombrar a mis enemigos sin sutileza y no pretendo ser amable. Yo soy el fantasma, pero no de Canterville, sino el fantasma de Hanot Ekkremés.

—¿Quién es Hanot Ekkremés? —preguntó el doctor, sentado en la butaca, mientras limpiaba un lente empañado, sin demostrar la curiosidad que sentía.

—¡No se haga el ingenuo! Todos sabemos quién es. Siempre ha existido y siempre existirá, porque se renueva en personas como yo. No en personas que piensan como usted. Es una fuente de agua viva para muchos. Lejos de ser extinguidos o custodiados los artefactos de la cultura *ascendere*, tal como pretendió el Consejo del Primer Conocimiento, algunos han sido resguardados en un lugar insospechado y son fuente viva de las enseñanzas que ha recogido el lado oscuro durante miles de años. Se trata de Tenebrae, un poderoso banco de datos sobre la total influencia carismática del mal, que se alimenta de antiquísimos documentos hallados en el siglo primero. Tenebrae también contiene copias parciales que se hicieron antes de Cristo, descubiertos en el templo. Pero usted no tiene idea de lo que le hablo. No, dado como piensa.

—¿Y cómo pienso yo? —preguntó Charcot, interesado.

—Usted cree en la civilización. No hay duda. Aquí sentado en su reino, recetando, analizando, ordenando. Usted cree que al principio todo estaba bien, y por eso cree también que al final debe estarlo.

El paciente se levantó y caminó hasta el amplio ventanal, que mostraba la vista de la hermosa plaza de la universidad, enmarcada por unos robustos árboles y bañada de césped de color verdísimo. Desde allí se distrajo mirando a la gente.

«Gente tan tranquila, tan odiosa», pensó.

—¿Y eso le parece mal? —preguntó el psiquiatra en tono terapéutico.

—Inútil, me parece inútil —dijo el paciente en un arrebato de sinceridad.

—Si mi trabajo le parece inútil, ¿para qué acudió a mi consulta? —Quiso saber.

—Ese es su problema, la ausencia de imaginación… Igual que los que están allí afuera.

Se volteó y caminó de nuevo a la silla verde que ocupaba. Continuó hablando con naturalidad.

—Acudí aquí para jugar con usted. Me aburro. Mi rutina es altamente desoladora. —Se sentó, cruzó la pierna derecha sobre la otra pierna.

—¿Por qué tendría yo ganas de jugar con usted? —preguntó el psiquiatra.

—Porque creo que estaría interesado en evitar la muerte de alguien inocente —respondió él.

—¿A qué se refiere cuando dice «la muerte de alguien inocente»? —le dijo como si quisiera averiguar cualquier cosa irrelevante.

—La primera vez que asesiné a alguien lo hice sin motivo alguno, y eso fue maravilloso. La verdadera fuerza, el odio más puro, porque no se trata de venganza.

El hombre sacó un cigarrillo de una cigarrera que había dejado en la mesa que tenía a un lado, y tanteando el bolsillo de su traje, extrajo un encendedor plateado; encendió la chispa y comenzó a fumar.

Luego continuó hablando, sin prisa, mientras balanceaba un poco su pierna.

—Después me calmé. Hice lo que hace la gente normal de mi posición. En eso influyó mi madre, naturalmente. —Otra vez una bocanada de humo salió de su boca. Estudié un poco y viajé mucho. Aprendí alemán, francés, inglés por supuesto. Me la pasé bien. Solo aguardaba, fingía un papel. Ahora quisiera plantearle un reto. Le propongo que pueda usted hacer algo para salvar la vida de una persona cualquiera. Si acepta, le daré toda la información. Antes no.

—¿Y si no acepto? —preguntó el psiquiatra de manera retadora.

—La mataré. ¿Pero por qué no aceptaría? —preguntó el hombre frunciendo el ceño, empujando el cenicero hacia el borde de la mesa y mirando de nuevo a la ventana que mostraba la plaza de la Trinity College University.

—Porque no creo que sea capaz de matar a nadie —sentenció el doctor.

—Entiendo su punto de vista —le respondió haciendo una pausa—. Pero yo podría demostrarle lo contrario. Podría ser el autor de una muerte que sucedería, digamos, mañana. O tal vez otro día de esta semana. Si le diera todos los datos de alguien y esa persona en dos o tres días estuviese muerta, entonces sí me creería, ¿verdad? —preguntó.

—Sería diferente, claro está. Si esa muerte no fuera de alguien desahuciado que esperara el fin en la cama del hospital.

—Entonces hagámoslo así —dijo el paciente volviendo a levantarse, esta vez junto a un estante repleto de libros y dándole por completo la espalda a su interlocutor.

—Suponiendo que usted fuera a matar a alguien esta semana, ¿a quién mataría? —preguntó el doctor Charcot, algo incómodo por ese dominio de sí mismo que mostraba el paciente, y esa displicencia que no concordaba con su educación. Sabía quién era. Se trataba de un hombre educado que había sido bibliotecario en la institución.

—A una mujer que viviera sola —le respondió.

—¡Vaya! Eso es altamente inusual, ¿no le parece? —dijo Charcot y, por alguna razón, sintió que se había anotado un punto al ridiculizar la infrecuente condición sugerida por el paciente sobre su supuesta víctima.

Sin embargo, el subconsciente del psiquiatra comenzaba a alertarle de algo que no atendió sino hasta después.

—Es cierto. Pero siempre habrá por allí alguna para la cual la soledad no sea un problema.

—¿Valdría la pena hacer eso? —preguntó Charcot.

—Doctor Charcot, usted debería renunciar a la pretensión de afirmar que todas las vidas valen igual. O a la idea de que una vida humana vale mucho en sí misma. Yo le demostraré que no soy un loco delirante que se atribuye muertes que no le corresponden. Una vez dentro de mi juego, ya no podrá salir de él. Creo que tal asunto le borraría esa actitud de dominio que expone con tanta satisfacción. Creo que al final le resultaré muy útil. Yo tengo un sexto sentido para detectar esto. Para detectar las debilidades de los demás. No lo he aprendido solo. Sino gracias a las escrituras apócrifas. Siempre ha existido gente como yo, y créame que algún día gobernaremos el mundo. Ascenderemos.

El hombre que decía ser el fantasma de Hanot se levantó y dio la espalda al psiquiatra.

—Le invito a tomar asiento. Creo que es lo mejor, para que sigamos conversando de una manera adecuada —reflexionó Charcot imperceptiblemente molesto.

El hombre hizo lo que el psiquiatra sugería, mostrando una sonrisa sarcástica. Parecía haberse puesto de pie para que el doctor no tuviera ninguna otra salida que imponer esa muestra de autoridad.

—¿Cuándo matará usted a la mujer? —preguntó Charcot.

—El viernes.

—¿Y ese asesinato no podría también evitarse? —Quiso saber el doctor, hablando con un aire de razonamiento superior que irritó al paciente. Pero este también sabía fingir sosiego, y su irritación permaneció oculta.

—Solo en caso de que usted me prometa que irá dentro de un mes a donde yo le indique.

—¿Y si no lo hago?

—Entonces el sábado leerá la mala noticia en la prensa. Y se convertirá en mi «contrincante cómplice» de todas maneras.

—En ese caso, en nuestra próxima sesión, que será dentro de una semana porque ya se nos ha agotado el tiempo, tendremos algo inusual de que hablar —concluyó Charcot, pensando que lo había vencido.

—Así será, doctor. Pero ya he descubierto que no jugará conmigo. He tomado por completo las medidas de su alma. No se aflija cuando descubra el cadáver de la chica, la mujer joven y bella que posee muchos atributos intelectuales y que es carne fresca para el odio puro. De allí la importancia de las monedas. La civilización da importancia a las monedas por lo que compran. Pero nosotros ciframos el verdadero valor en conocer las verdaderas medidas de las limitaciones de los hombres. Así aparece en las escrituras. Es usted creyente, ¿verdad? Yo también. Los fantasmas, los hombres de las sombras, somos tan creyentes como ustedes. Y nadie puede atraparnos —dijo el hombre, complacido.

2

HEBERT MALLÍN TAMPOCO TENÍA COARTADA.

—¿Es que nadie en este endiablado caso tendrá una coartada? —se preguntó Anne en voz alta.

Nos hallábamos en el coche de vuelta a la cabaña.

Wallace Lexus había llamado a mi móvil y nos había citado allí en media hora.

Cuando llegamos, él ya se encontraba esperándonos. Estaba de pie junto a un coche, fumando un cigarrillo y admirando las copas de los árboles.

Al vernos llegar tiró el cigarrillo al suelo, lo aplastó con el zapato y luego lo recogió y abrió la puerta del vehículo. Debió depositarlo en alguna parte, porque cuando cerró la puerta, ya no tenía nada en las manos.

—¿Y bien? —preguntó Anne, expectante.

—Les pedimos que elaboren un informe con sus impresiones sobre los sujetos de interés. En cuanto lo recibamos, pueden volver a casa. Les agradecemos de antemano los aportes que harán a la investigación —completó.

«¡Vaya!», pensé. Lexus no se anda por las ramas.

—Pues como usted diga —respondió Anne algo cortante.

Lexus asintió y se fue, dejándonos allí, algo confusas. Noté que caminaba con mucha soltura y sus movimientos corporales en general denotaban elegancia. Una antigua.

—¡Mira qué desfachatez! Nos sacan de la cama, experimentamos un vuelo horrendo que creo que me quitó años de vida, nos convocan a investigar y luego nos despachan así nada más —exclamó Anne.

Sin embargo, a mí me parecía que el jefe del inusual departamento del FBI actuaba de manera adecuada. Algunas veces pensaba que Anne esperaba consideraciones de las personas que no venían a lugar, y eso era así porque era una persona bastante amable.

—Vamos a escribir nuestros informes, Anne, y volvamos a casa —le respondí.

Cuando dije eso, me di cuenta de que en realidad yo estaba loca por dejar aquel paraje. Era como si permanecer allí resultara para mí como padecer una enfermedad. Estaba actuando de una manera extraña, como si hubiese perdido el interés por atrapar al asesino de Pool. O a los asesinos…

—Anne, ¿no has pensado que tal vez no estemos buscando a un lobo solitario, sino al menos dos personas? Es decir, creemos que este asesinato tiene que ver con la oscuridad, con la secta, como hemos acordado en llamarla, y que por ende, hablamos de una organización de varias personas. Pero a lo que me refiero es que deberíamos considerar que en el mismo acto han participado dos personas o más… —manifesté.

—Que las personas que fueron vistas en dirección al Salón Mattison hayan acordado asesinar a Pool, en equipo.

Es una posibilidad. Sabemos que Myrna Mattison dijo que Leonard Blake le caía pesado, pero eso no tiene que ser cierto. Y que Johana Fischer dijo que Hebert Mallín le parecía un hombre desagradable porque lo vio aplastar un insecto, pero esas son solo palabras, y podrían ser mentira. Si creemos que detrás de todo está un grupo religioso, podríamos también hoy mismo haber hablado con cuatro de sus creyentes. Estoy de acuerdo, en un complot podría haber más de uno —convino Anne.

—Lo cierto es que estamos como al principio. Sin una idea clara de nada ni una pista por donde tirar —manifesté, y suspiré.

—No sé qué diablos vamos a escribir en el reporte para el FBI... —me dijo ella.

3

ENTRAMOS A LA CABAÑA, tomamos unos emparedados que habían dejado en la despensa y luego nos pusimos a redactar el informe. Decidimos hacerlo de manera individual y luego darlo cada una a conocer a la otra. Si coincidíamos en varios aspectos, formularíamos un solo reporte, y si no, se quedarían tal cual.

Pero apenas comenzamos a escribir, alguien golpeó la ventana con tal fuerza que tanto Anne como yo dimos un salto en la silla.

—Necesito que me escuchen... ¡Tienen que escucharme! —gritó una voz.

Era femenina y provenía de la parte exterior de la casa.

Las dos salimos a ver.

Había una mujer de unos cuarenta años, algo demacrada, que vestía vaqueros y una chaqueta de *jeans* raída. Su rostro se notaba tostado por el sol, puede que demasiado.

—Soy Helen, la hija de Martín Pool... ¡He percibido algo muy fuerte! Algo relacionado con el asesinato de mi padre. Ustedes son confiables, las dos. No como ese hombre, el que se fue hace unos momentos. No me parece de fiar. Presiento algo en él.

Nos acercamos a la mujer. Vi que una de sus manos temblaba. También noté que desviaba la mirada con insistencia por encima de nuestros hombros, en dirección hacia donde se hallaba la carretera.

Nos detuvimos junto a ella.

—¿De qué tiene miedo? —le pregunté.

—De ellos. ¡Son seres horrendos! ¡Seres negros como el carbón, como la noche!

—¿Quiénes son «ellos»? —preguntó Anne.

Ambas sabíamos que podíamos estar en presencia de una persona desequilibrada, y lo mejor era seguirle la corriente.

—Los hombres oscuros. De chica veía una serie, se llamaba *Monstruos del espacio*. Allí, la gente mala era representada con siluetas negras, sin personalidad, sin conciencia. Todos se movían igual, emitían un mismo sonido y solo eran sirvientes del líder, que era más monstruoso aún que ellos, pero que sí tenía personalidad. Sin embargo, de chica jamás pude pensar que la maldad en la realidad podía ser tan fulminante…, tan desalmada. Eso lo supe después, cuando descubrí por completo mi capacidad.

—Helen, ¿no querría entrar en la casa? Hace frío aquí afuera y allí podremos hablar con más calma —sugirió Anne.

Iba a decir que no, pero luego desistió. Respondió con un movimiento de cabeza. La condujimos a la cabaña y, una vez adentro, le pedimos que se sentara con nosotras a la mesa.

Helen puso sus dos manos sobre la madera, y nos miró alternativamente a Anne y a mí, como haciéndose una opinión de nosotras, pero luego miró por encima del hombro de cada una. Parecía estar percibiendo «algo» sobre nosotras. O quizás viendo algo. Podría estar alucinando.

—Lo he dicho. Aquí se respira paz entre ustedes. Eso no es fácil de conseguir en estos días. Este nivel de armonía. No hay dobles agendas, ni envidias, ni deseos de competir entre ustedes. Sobre todo, no hay resentimientos. Ese es el pecado más poderoso… el resentimiento.

Me pareció que debía atajar el discurso de Helen Pool. Si no lo hacía, podía irse por las ramas y no llegaríamos a nada.

—Helen, usted ha dicho que tiene una capacidad. ¿Qué capacidad es esa? —pregunté.

—Soy lo que la gente comúnmente llama «médium». Poseo una habilidad para desplazarme a otras dimensiones, en donde se hallan las almas a las que les han hecho daño. Se encuentran aguardando aún a que se dé la batalla final. La perspectiva del tiempo que tenemos es errada. Creemos que es una línea recta, y no es así. Es circular. Así que la batalla final no está al final propiamente, sino al principio. El principio es cada decisión que tomamos. El juicio final lo vamos labrando nosotros mismos…

Al decir eso, la mujer extendió aún más las manos sobre la madera de la mesa y se apoyó muy fuerte en ella.

—Mi padre ha sido atrapado. Su alma está en medio de dos campos. Hay varios hombres oscuros sosteniéndolo. Le impiden avanzar. Él quiere avanzar hacia la luz y salir de ese espacio insoportable, pero no puede.

4

—Mi PADRE ESTÁ entre las sombras —afirmó, agrandando los ojos y levantando las manos de la mesa.

—¿Qué más puede ver, Helen? —Quise saber.

—Nada más. Pero sé que ustedes podrán dar con los culpables de su muerte. Creo que para que mi padre se libere deben dar caza al culpable. Por eso les entregaré esto.

Acto seguido, sacó unas llaves del bolsillo de sus vaqueros.

—Son las llaves del almacén de mi padre. Se encuentra en la calle Havilland número siete. Casi nadie sabe que eso existe, porque lo renté yo y luego se lo cedí a él. Allí encontrarán respuestas. Lo presiento. Estaba tan ensimismado en su pasión, en su obsesión por descubrir unos escritos antiguos, que se fue alejando de todo, de mí. Pero no fue un mal padre, y ahora yo debo corresponderle y lograr que se libere. No sé cómo, pero él me ha dicho que ustedes sí podrán.

Anne me miró un instante.

Helen Pool se levantó de repente.

—Tengo que irme. No quiero que me vean aquí. Por favor, no digan nada a nadie si encuentran algo. No deben. No deben confiar en nadie. Ni siquiera en quienes creen que están de su lado. Las sombras están en todas partes. En Wichita también.

—¿En qué lugar de Wichita? —preguntó Anne en voz más alta.

—En el Departamento de Homicidios, donde ustedes trabajan.

Anne preguntó por qué decía eso. La mujer no respondió y salió corriendo de la casa. Dejamos que lo hiciera.

—¿Y ahora? —preguntó mi compañera.

—Ahora iremos al depósito. No importa si Helen Pool es médium o no. Eso es lo de menos. Estas llaves nos brindan un espacio de investigación nuevo y debemos aprovecharlo. ¿No lo crees?

—Tienes razón —convino. Tomó el móvil y la detuve.

—¿Qué vas a hacer?

—Avisar a Bruce Chapman que... —comenzó a responder, pero luego se calló.

—Creo que debemos hacerlo nosotras solas. En función de lo que encontremos, avisaremos —dije, persuasiva.

No era que desconfiara del FBI por lo que había dicho Helen Pool.

Desconfiaba, simplemente, y sin saber por qué.

Nos DIRIGIMOS al almacén de Pool.

Se trataba de un lugar lleno de libros.

—Si debemos mirar todo esto, Alexis, no vamos a terminar en días —exclamó Anne.

Ella pensaba que estábamos perdiendo el tiempo. Yo también comencé a pensarlo. Eran centenares de libros guardados en cajas, y otros también dispuestos en unos estantes de madera. Pude ver ediciones de *Cándido, Los 120 días de Sodoma, La metamorfosis, Alicia en el País de las Maravillas, Un mundo feliz, Madame Bovary.*

—¿Por qué guardaría esto aquí Martín Pool? —preguntó Anne.

—No lo sé. Supongo que en su casa tendría menos espacio. O estos libros son los que menos le interesaban. Pero por algo su hija nos envió aquí —respondí.

—¿Más allá de que tal vez no esté en sus cabales? —intervino.

—Sí. Martín debió decirle algo sobre este lugar. Algo que la hizo pensar que aquí podría haber guardado algo importante. Tú lo sabes, Anne. Muchas veces lo que creemos que es percepción extrasensorial o fenómenos paranormales son cosas relacionadas con la razón, con lo que conocemos, y le damos un puesto en el inconsciente. Así que, si Helen posee las capacidades que dice o no, igual tendríamos que echar un vistazo.

—De acuerdo —convino.

Nos pusimos manos a la obra.

—Creo que lo mejor será leer los títulos de los libros, y si hay algo que nos llame la atención, los tomamos. Ni siquiera sé lo que creo. Obremos primero por intuición, y luego con más exhaustividad —le propuse, atropellando mis palabras.

Pasamos las siguientes tres horas en ese lugar.

Parecía que aquello no nos llevaba a ninguna parte.

Terminamos con los libros de las estanterías y comenzamos a mirar el contenido de las cajas.

LA PRIMERA CAJA estaba llena de objetos. Una cerbatana como las que creía se utilizaban en Sudamérica en el pasado fue lo primero que vi. Luego cámaras fotográficas antiguas y un proyector también de principios del siglo pasado. Algunas máscaras de barro, una flauta pintada de color blanco y arcilla, una brújula, cajas de madera repujadas y vacías, un pequeño cuadro enmarcado con una figura religiosa.

Abrimos la segunda caja. Su contenido eran libros sobre antropología. La tercera los contenía de sociología, la última guardaba revistas de investigación histórica.

Entonces en mi cabeza apareció una palabra:

«Diferencia».

—¿Cuál objeto es diferente aquí, Anne? —pregunté.

—¿Diferente? ¿Cómo que diferente? Pues hay varios objetos que no son libros, que lógicamente es lo que más hay.

—Tienes razón, pero hay uno de ellos… que no es…

—¡El cuadro! —exclamó ella.

—Así es. Tienes razón. No sé cómo no lo vimos. Todo lo que hay aquí es consistente con una mente intelectual, investigadora. Los libros, la ciencia... y los objetos que refieren a otras culturas pasadas. Incluso los libros que llamaron mi atención al principio. Sabía que guardaban algo en común. Son los que han sido prohibidos en algún momento de la historia. Esto nos dice que Martín Pool tenía un pensamiento totalmente secular, nada religioso. Pero el cuadro es una representación religiosa, y eso es...

—Distinto —completó Anne.

Las dos apartamos las otras cajas y volvimos a la primera. Sacamos todo hasta que encontramos de nuevo el cuadro.

Nos detuvimos más en él. Era una representación de *El Juicio Final*.

«El juicio final no es al final, sino al principio», recordé.

Esas fueron las palabras de Helen Pool.

Entonces comprendí que habíamos sido engañadas.

7

Escuchamos un ruido afuera del depósito. Lo más rápido que pude, busqué la parte posterior del cuadro.

A simple vista no había nada inusual: una superficie como se esperaría. Pero arriba, en el borde, pude ver una abertura como si con un cortapapeles hubiese hecho una incisión. Apartamos el armazón de vidrio accionando el dispositivo de metal y nos dimos cuenta de que tras la imagen había un grupo de papeles muy finos y ocultos. Anne los agarró y los guardó en el bolsillo de su pantalón con rapidez.

Los ruidos afuera continuaban acentuándose. Alguien estaba a punto de entrar en el almacén.

Tomé de nuevo el armazón de vidrio y lo puse en su lugar.

La puerta se abrió.

Allí estaba Bruce Chapman.

—Sabía que esa mujer confiaría en ustedes. Ninguno de nosotros logró su «aprobación», pero intuíamos que sabía algo —dijo.

—¿Es que ya han hablado ustedes con ella? ¿Por qué no nos lo dijeron? —preguntó Anne exagerando la actitud de sorpresa.

Bruce se acercó y vio que en mis manos estaba el cuadro de *El Juicio Final*.

—¿Las pesquisas les han traído hasta esa imagen? —preguntó interesado.

—En realidad lo hemos mirado todo, una y otra vez, y volvimos a esta imagen porque nos pareció que era un objeto diferente, y no se nos ocurre ninguna razón por la cual alguien como Martín Pool guardaría esta imagen aquí. Es decir, según el perfil que ustedes mismos nos han entregado, era un hombre de ciencia y nada religioso. Incluso en algunas de sus intervenciones públicas se manifestaba ateo. Esta imagen es muy antigua, por lo que se ve, pero parece que carece de valor material. Además…, Helen Pool nos habló del juicio y… —dije, fingiendo también confusión.

—Sí. Es verdad. Sabemos lo que Helen Pool les ha dicho. No hemos sido del todo sinceros con ustedes, y me temo que ha sido mi culpa. No estaba muy convencido de querer contar con su apoyo. Pero ahora sé que fue un error mi actitud inicial. Tendremos que evaluar mejor ese objeto para saber si Pool ha dejado algo en él, a manera de códigos pictóricos o algo así —completó.

No me creía lo que Anne y yo acabábamos de hacer.

Estábamos ocultando información a un agente del FBI, aunque fuera de un departamento prácticamente desconocido, y ni siquiera sabíamos bien por qué. Era verdad que Helen Pool había adoptado una personalidad que exageraba sus habilidades de médium, y posiblemente no las tuviera en absoluto. Quizás todo se tratara de un ardid para darnos una pista solo a Anne y a mí. Por eso fue por lo que me sentí engañada con su actuación en la mesa de la cabaña. Lo que en realidad quería era que halláramos los papeles tras el cuadro. Se sabría perseguida y vigilada por el FBI, y no confiaría en ellos por alguna razón. Por eso nos había hablado de *El Juicio Final*. ¿Pero por qué ella misma no había tomado los papeles que ahora Anne tenía en su poder? Tal vez porque pensaría que si ella los guardaba y la estaban siguiendo, entonces darían con ellos. En cambio, con nosotras estarían a buen resguardo. O algo así.

¿Era todo mi imaginación o de verdad Helen Pool tenía motivos para desconfiar de todos?

8

LE ENTREGUÉ EL CUADRO A BRUCE. Me lo agradeció.

Salimos del trastero. Nos despedimos de él.

Nos aclaró que nos aguardaba el avión para llevarnos de vuelta a Wichita. También que podíamos dejar el coche en el *parking* del Salón Mattison. Cuando subimos al vehículo, tanto Anne como yo comprendimos la situación. Ninguna de las dos habló sobre el hallazgo. Ese coche lo habían proporcionado ellos, con lo cual nada nos decía que no tuviese un dispositivo de escucha instalado.

Así que les seguimos el juego. Comentamos lo relativamente inútil que había resultado haber ido al depósito y hasta elucubramos sobre el significado de la representación de *El Juicio Final*.

Pasaron los minutos con lentitud hasta que llegamos al Salón Mattison. Nos dirigimos a la pista y allí nos aguardaba el avión, con el mismo piloto, pero sin Lexus. Ahora en su lugar se hallaba un copiloto que de seguro no tendría más función que esa.

Subimos al avión y en menos de cuarenta minutos

aterrizamos en el aeropuerto de Wichita, después de un vuelo bastante tranquilo. Subimos al coche de Anne, que había aparcado en el *parking*.

Eran las diez de la noche.

No nos arriesgamos a hablar dentro del vehículo.

Entonces le propuse a Anne que fuésemos a Willemstad. Un bar restaurante que conocía, cerca de casa. Era lo bastante bullicioso para que, en el caso de que nos quisieran escuchar, no lo pudieran hacer, y la decisión de ir allí sería natural para cualquiera que nos pudiese estar siguiendo. Habíamos tenido un duro e infructuoso día de trabajo que incluía la visión de una escena de crimen sangrienta y desoladora. Después de todo, éramos humanas.

Lo que teníamos claro era que por el momento no queríamos que nadie más se enterara de lo que estábamos a punto de descubrir en aquellas hojas.

Llegamos a Willemstad y nos ubicamos en una mesa un tanto apartada del resto.

Sonaba una canción de The Police.

Anne sacó las hojas que estaban tras el cuadro.

Se trataba de un conjunto de nombres con lo que parecían fechas de nacimiento y defunción a un lado. Los años comenzaban a correr en el 800. También había una figura muy parecida al *Hombre de Vitruvio*, y otra que parecía un péndulo. Un tercer papel poseía unas letras: Ascendere. «El ascenso sobre las almas en la sombra», «son dos tensiones las que acompañan al hombre desde que es hombre. Así de sencillo es. Quienes lo han complicado solo han contribuido al reino de la oscuridad, que está plagado de confusión. Esta es su esencia y el origen del miedo y de todos los males. Una secta oculta que con el imperio del monoteísmo ha prevalecido inmóvil, los *ascendere*. El cumplimiento de los ritos garantiza que no se rompa el umbral que conecta la fuerza sobrenatural con la natural. Aquí en Kansas se concentra una célula importante originada con la fundación de la nación y las caravanas de los colonos. Estos son los nombres. Si se analizan detenidamente se sabrá que es una secta asesina, pero sobre todo se conocerá de primera mano la estática, el tiempo de las estructuras, lo inconmovible de las creencias de quienes cifran en las sombras la virtud y la verdadera naturaleza humana. Ellos deben guardar los documentos originales de *ascendere*. Ahora tengo la prueba en mis manos para intercambiar esta trascendental información».

Eso leímos Anne y yo.

Volvimos a tomar la hoja de los nombres y nos dimos cuenta de que en el reverso había otra cosa escrita.

9

«ELLOS QUEMARON A LOS NIÑOS».

—¿Qué significa esto, Alexis? —preguntó Anne.

—Creo que lo que sucedió en el Salón Mattison no fue un accidente. El incendio del que nos habló Mallín. La secta está tras ese incendio, ignoro por qué, y Martín Pool logró dar con los responsables y los pertenecientes, los Ascendere. Son estos nombres que están aquí, Anne — manifesté.

—No conocemos a nadie. Solo a…

—Los Mattison, claro está —completé. Ese apellido estaba escrito en la hoja.

—Entonces supongamos que Pool hubiese querido, con fines académicos, intercambiar su secreto por nueva información. Y que entonces Myrna Mattison acabara con su vida porque, de lo contrario, se descubriría que su familia había pertenecido a una secta extraña, y que tal como ha escrito, suponemos Pool, tuvieron que ver con el incendio en el salón. ¿Pero por qué lo asesinó de esa forma como lo hizo?

—No lo sé, Anne. Tal vez ese asesinato siga uno de los ritos paganos y antiquísimos de la secta. Pero eso no aclara los sucesos de muerte de los animales ocurridos en otras partes del país. Nos falta información. La que sí tenemos apunta a que Myrna Mattison podría, entonces, ser la asesina. Tenía un móvil claro —sentencié.

Recogimos las hojas y Anne se quedó con ellas.

—¿Tú crees que Helen Pool fue quien puso allí esto para que nosotras lo encontráramos?

—Sí. Creo que quería que fuéramos nosotras y no los del FBI. Ahora debemos pensar qué hacer, Anne. ¿Contarle a la jefa Tonny? ¿Decirlo al FBI? ¿Callarlo?

—Deberíamos contarlo a la jefa Tonny. Confiamos plenamente en ella; mucho más que en el FBI, que a todas luces no valoraban nuestras capacidades, al menos no de la forma como nos lo hicieron creer —dijo Anne con cierto resentimiento.

Estuve de acuerdo, pero de repente algo me frenó.

—Anne, ¿recuerdas que Helen dijo que no confiáramos en nadie del Departamento? ¿Y si en realidad percibe cosas sobre las personas, no porque sea médium, sino porque es algo como yo? El hecho de que haya puesto estos escritos para nosotras en el almacén de su padre no resta que pueda tener alguna capacidad de esta naturaleza. Tal vez no sea un fraude. No sé si me explico... —confesé.

—Ya. Tienes razón. Pero no puedes desconfiar de la jefa Tonny, Alexis. Desconfía de todo el mundo, menos de ella. Para mí es una de las personas más transparentes del mundo. Así como Lilian. Tampoco puedes...

Entendía a Anne, pero también sabía que la oscuridad era capaz de tocar a las personas en ciertos puntos débiles y, valiéndose de ellos, lograr reclutarlas. Todo empezaba así, con una debilidad, con algo de inconformidad en la vida que cualquiera podría tener, y de repente, esa molestia pequeña e insignificante podía convertirse en un abismo que condujera a la maldad. Todos podíamos caer, incluso alguna de nosotras.

—¿Qué piensas? Dímelo —pidió Anne.

—Déjame hablar con Helen Pool primero. Solo quiero preguntarle algo. Luego se lo contaremos a la jefa Tonny —alcancé a decirle.

Lo peor de todo era que tanto Anne como yo nos habíamos convertido en algo que no deseábamos ser; seres desconfiados, paranoicos. Jamás le habríamos ocultado información al FBI, pero estábamos como dentro de una niebla espesa, de una turbulencia como aquella que de repente atacó el avión. No recordaba quién, pero alguien me había dicho que era en la confusión en donde la oscuridad se recreaba.

10

Intenté comunicarme con el móvil de Helen Pool, pero no atendía mis llamadas. Comencé a sentir miedo por ella. Si Helen había dejado esos papeles para nosotras, o si conocía su existencia y que su contenido significaba algo, podía estar en peligro, así como lo estuvo su padre. Le manifesté mis temores a Anne.

—Pongámosle vigilancia. Conozco personas que pueden hacerlo de manera discreta. Ya no forman parte del Departamento y viven en Kansas. En concreto, dos buenos agentes. Eso hasta que hablemos con la jefa y nos garantice la vigilancia autorizada —propuso Anne.

Me pareció buena idea.

Luego hizo una llamada y, para escuchar mejor, salió del bar.

Aguardé, pensando en lo que nos había dicho Helen, en el incendio del Salón Mattison, en los sospechosos. Todo me daba vueltas en la cabeza. ¿Por qué los Mattison estarían implicados en el incendio del Salón? ¿Por qué Martín

Pool se planteó intercambiar esos secretos o los que fuesen, para lograr encontrar qué? No podía ser tan importante la existencia de documentos antiguos de la secta, ¿o sí? Y por qué asesinarlo con base en un rito que antes habían iniciado, creíamos, con animales.

Lo que más me daba vueltas en la cabeza era que veía dos móviles mezclados que en ese momento me parecieron incongruentes: o habían matado a Pool para seguir un rito o para silenciarlo. ¿Era posible que ambas cosas estuviesen presentes? ¿Que la razón fuera para silenciarlo, pero que no podían asesinarlo de una manera menos llamativa, como cortar los frenos de su coche, o envenenarlo y simular un ataque al corazón?

Si la asesina había sido Myrna Mattison, supongamos en complot con alguien más, también con necesidad de callar a Pool porque descubrió sus creencias, se trataba de gente en realidad convencida de que la forma de asesinarlo debía ser esa y no cualquier otra. Eran asesinos convencidos de sus creencias, y lo de los animales, si tenía que ver, fue como un preámbulo para el acto principal, la muerte de Pool.

No sabía qué pensar porque desconocía la raíz de las creencias, el corazón de la oscuridad. Tenía la impresión de que para poder aclarar el caso debía entrar en ella. Pero eso fue lo que hizo mi padre; se internó tanto que luego no pudo salir.

De repente, tuve la convicción de que mi padre desde un principio no era una mala persona, pero algo en él, una animación distinta, comenzó a absorberlo, a contaminarlo.

«El juicio final… son las decisiones». Eso había dicho Helen Pool.

Esa mujer parecía tener todas las respuestas. Volví a marcar su número. Saltaba la contestadora.

Entonces, de repente, las voces en el bar se hicieron más altas, y comenzó a sonar la canción *Murder by Numbers*:

«Una vez que hayas decidido matar, primero haces una piedra de tu corazón…».

CREO que me abstraje algunos minutos, no sé cuántos. Volví a intentar comunicarme con Helen Pool, pero saltaba la contestadora. Le escribí un mensaje de texto y esperé. Una chica a mi lado tomó su móvil porque empezó a sonar. El tono era una música celta. Fue un bálsamo para mis oídos. Me transmitía algo que me calmaba. Me pregunté cómo y por qué se podía invertir tanta energía en destruir en lugar de construir. Pensé en la secta, en la oscuridad desde sus inicios, en los momentos en que de seguro habían mantenido ritos para continuar siendo lo que eran, en cómo habían infiltrado organizaciones y destruido familias como la mía. Todo por no desear cambiar.

Una lágrima rodó por mi mejilla, mientras, la chica hablaba a través del móvil.

Hubo algo que me sacó de mis tristes pensamientos. Algo atroz.

Fue un sonido de un coche chocar con algo. Antes el conductor había frenado y luego escuché unos gritos.

«Anne», pensé, y se me heló la sangre.

La imaginé tirada en el pavimento, atropellada, herida o algo peor, y corrí puertas afuera. Mientras lo hacía, vino a mi mente la imagen de unas páginas escritas. Se movían como si un fuerte viento las atacara. Parecía un libro antiguo y de imponente tamaño. Tenía motivos ornamentales hermosos, dorados, pero las figuras de repente se tornaron monstruosas. Las últimas páginas del ejemplar estaban en blanco.

Vi varias manos escribir. Al principio lo hacían con plumas y tinta, y pude ver las mangas de sus trajes; eran manos de hombres, de hombres en la antigüedad. Luego llegaron otras manos a escribir, más modernas, con estilográficas, con telas que llegaban hasta sus muñecas, pero eran telas coloridas, vibrantes.

En las páginas del libro había dibujadas varias figuras, una de ellas era el *Hombre de Vitruvio*, y también un círculo como los que rodeaban el cuerpo del historiador asesinado.

De repente todo el libro se llenó de sangre.

La visión desapareció en cuanto salí del bar.

Vi un grupo de gente congregada en torno a algo, en la esquina.

—Anne… ¡Anne! —grité.

—Aquí estoy, Alexis —respondió.

—¿Qué ha pasado? —le pregunté.

—Ese conductor casi atropella a aquella chica, ha terminado girando y ha chocado contra ese anuncio. Lo he visto todo. Pero ella se atravesó en la calle sin mirar a los lados. No le ha pasado nada, pero su perro ha llevado la peor parte. Está muerto. Es horrible. Ya han llegado los oficiales de calle. Solo me acercaré a ellos para brindarme como testigo, de ser necesario, aunque no lo creo, porque testigos les sobran.

Hizo una pausa. Escuché un llanto inconsolable, mezclado con gritos de desesperación.

—¡Has matado a Arthur! ¡Arthur! ¡Cariño, no puedes morirte! ¡No! ¡No me hagas esto! ¡Arthur, no…! —gritaba la chica. Debía estar junto al cadáver de su perro.

—Pobre Alicia… —me sorprendí diciendo en voz alta.

—¿Alicia? ¿De dónde has sacado ese nombre? La chica, escuché, se llama Louise. Iba caminando con una amiga que se retrasó un poco al cruzar… —explicó Anne.

«¿De dónde saqué lo de Alicia?».

Entonces lo supe. Era por el lomo del libro en el depósito de Pool. La edición de *Alicia en el País de las Maravillas* y la razón para su prohibición. Lo había estudiado antes, y lo había olvidado. Cada uno de los libros prohibidos contaba con una razón para dicha censura, y en el caso de *Alicia en el País de las Maravillas*, había sido por atribuirles razonamiento a los animales. Eso fue considerado en algunos países como un insulto a la humanidad.

—Me ha molestado lo sucedido con el caballo, el perro, el zorro… y ahora creo entenderlo. La secta, Anne, inició su ciclo de destrucción ritual esta vez con un mensaje de deshumanización. Como diciendo, no es que el hombre es superior, es que está a nivel de los animales, y también como ellos, morirá.

—Como un preámbulo, un primer acto —completó Anne.

—Sí. El vínculo de esta chica con su perro me lo ha aclarado. Ella lo amaba, y ese sentimiento la hace descender. Está allí con él, en el pavimento. Para la oscuridad, el odio es el que eleva, por eso ascienden. El desprecio es el motor. ¿Lo entiendes?

—Creo que solo la esencia. ¿Has logrado la comunicación con Helen? —me preguntó al tiempo en que se alejaba un poco de mí.

Le respondí que no.

Entré en el bar y pagué la cuenta. Sin proponérmelo, rocé la mano del chico que me la dio. Sentí sus celos, unos fulminantes. Alguien llamada Jasmine le interesaba, la amaba, pero alguien de nombre John se había interpuesto. Existía una ira descomunal en su interior. Estaba listo para ser capturado por la oscuridad. Pude presentirlo. Tal vez ella nunca le convocara. Comprendí que esa era la clave del poder de la oscuridad, que era muy fácil dejarse llevar, y que tenían a su disposición muchos eventuales adeptos operarios. Pero si no pudieran percibir las debilidades, entonces las cosas no serían tan sencillas para ellos.

Sin quererlo, una idea me invadió.

«Serías muy valiosa en las filas de la oscuridad por tu intensa capacidad empática. Estarías en la línea de mando, y no del lado de las ovejas».

Esa idea provenía de una voz que sonaba en mi interior y que me resultaba familiar.

¡Era la de mi padre!

Salí del bar sintiendo náuseas. Respiré profundo tres veces y levanté la cabeza. Me sentí mejor.

Me reuní con Anne de nuevo. Me dije que ella tenía razón. Que había que confiar en la jefa Tonny. Debíamos avanzar y arriesgarnos, replegándonos y apoyándonos en las personas confiables.

Nos dirigimos a su casa. No podíamos perder tiempo.

13

—¡No puedo creer que no me hayan contado todo esto antes!

Esas fueron sus primeras palabras después de que nos escuchó. Contenían una mezcla de asombro y reproche.

—Bueno, ya lo pasado es pasado. Ahora importa el futuro. ¿Qué se les ocurre que debemos hacer? —preguntó.

—Garantizar la seguridad de Helen Pool de una manera radical. Sacarla de Kansas, llevarla a un lugar seguro y luego más adelante se verá. Una vez que eso esté listo, contar lo que sabemos a la DEEM. Entregar nuestro reporte, claro está… —dijo Anne.

La jefa Tonny asintió. Yo también.

—No me gusta la naturaleza de esa división empática del FBI. Me parece que han sido muy laxos al integrarla, incluyendo a gente que no ha tenido formación y sobre todo que no ha sido probada. Quiero decir que podrían, por ejemplo, ser personas que incluso formaran parte de esa secta de la que me han hablado.

La jefa Tonny tenía razón. Y tal vez por eso era por lo

que Anne y yo habíamos decidido no contarle nada a Bruce Chapman sobre los papeles. Mi cabeza comenzaba a librarse de la niebla que sentía que nos arropaba. No era tal niebla, era solo precaución necesaria ante la acción de la oscuridad.

—Puedo pedir a Rossy que investigue sobre ellos, lo hará de manera discreta. También a Juliet Rice. Quiero aclararles algo. No tengo problema con las habilidades superempáticas. Mi novia ha logrado que mi pensamiento se disponga a considerar cosas desconocidas, y que de joven jamás habría considerado válidas —completó.

Era la primera vez que nos hablaba de su novia. Me dije que tal vez el hecho de haber ido a su casa la hizo contarnos algo de su vida privada; Charlize Tonny sí que era reservada.

—Creo que es una buena idea incorporar a Rossy en el equipo. Su ayuda será muy valiosa para nosotras —contestó Anne.

Yo me quedé pensando en que era la segunda vez que alguien nos hablaba de la influencia de su pareja en sus ideas. La primera fue la agente policial que encontró el cadáver de Martín Pool. La agente Orla Dermody y su esposa, llamada Eileen. Era veterinaria...

—Jefa, Rossy debía investigar los sucesos del incendio en el Salón Mattison y si al menos en las redes y de manera no oficial hubo alguna discrepancia con el veredicto de accidente, y si los Mattison se vieron involucrados. También que use sus capacidades para intentar construir una hipótesis sobre qué hizo al asesino traer a la escena el recorte del periódico de Alma Manning, la madre asesina. Además de, por supuesto, todo lo que pueda averiguar de los sospechosos que me parece ya le hemos mencionado —manifestó Anne.

Yo iba a decir algo, pero luego no lo hice, porque las palabras de la jefa Tonny me descentraron:

—¿Y qué haremos con Sebastian Hausmann?

—¿Qué pasa con él? —pregunté, extrañada.

—Pues que fue él quien me contactó para pedir el apoyo en el caso de Martín Pool. Pensé que lo sabían —confesó.

«¿Por qué él?». «¿Qué era lo que sabía Sebastian sobre la oscuridad o sobre mi habilidad?».

Entonces se me ocurrió una respuesta. ¿Y si sabía lo de mi padre y por eso quería que me implicara en el caso? Tal vez adivinaba que yo no podría desembarazarme de un caso como este debido a mi pasado.

Me gustaba Sebastian Haussmann. Entre nosotros había tensión sexual y una gran atracción. Pero ninguno había dado un primer paso, tal vez porque cada uno aguardaba a que el otro se decidiera. Además, él siempre había estado de una manera sutil al tanto de mis casos, de mis movimientos. A pesar de eso, no me hacía sentir asfixiada. Por otro lado, tenía poder dentro del FBI y contaba con una alta estima en Asuntos Internos. A todos caía bien, a excepción del agente del FBI Gael McCabe, de quien nunca supe nada más.

Me dije que tal vez había sido un error no desarrollar una relación con Sebastian. Después de todo, ante la desoladora violencia que arrastraba a su paso la oscuridad, había que contar con armas de defensa, y una relación personal siempre era una buena defensa.

—Podría preguntarle a Sebastian la razón por la cual

pensó en nosotras para apoyar al FBI, jefa —alcancé a decirle.

14

Estaba muy cansada.

Llegué a casa a las doce y media de la noche. La buena noticia fue que lograron poner a buen resguardo a Helen Pool. Al menos habíamos logrado eso, y al amanecer yo la llamaría para hacerle una pregunta.

Quería pensar en el caso, pero no podía. Me di un baño y me abalancé sobre la cama, desnuda. Dormí profundamente.

De repente me desperté y escuché a la gata de la vecina maullar desesperada. Eso lo hacía cuando veía algún animalito provocador desde el cristal de la ventana. Parecía anunciar que necesitaba ayuda para atraparlo.

Miré las luces que se colaban por la ventana. Era el resplandor de la ciudad.

Por unos momentos me sentí en paz.

Tomé el móvil de la mesita de noche. Solo había dormido media hora, pero sentía como si hubiese sido un día entero.

Me levanté y me puse el pijama, que encontré sobre la

silla, y fui por un vaso de agua. Cuando salí al corredor, me pareció ver bajo la puerta, en el exterior, algo que se movía. Como si alguien estuviese de pie tras la puerta, pero muy cerca de ella.

Me aproximé con sigilo y aguardé.

Entonces, llamaron al timbre.

—¿Quién es? —pregunté.

—Soy yo, Alexis. Sebastian. Disculpa la hora. Pensé que tal vez estarías trabajando. Puedo volver en la mañana. Quisiera hablarte, explicarte…

Abrí.

Allí estaba, el único hombre que me había atraído un poco desde la muerte de Devin.

Dejé que pasara y lo conduje al salón.

—No tienes buena cara. Debes llevar como mil horas sin comer nada. Y no hablemos de dormir, porque debe hacer un siglo desde la última vez que lo hiciste —bromeó.

Me hizo gracia su comentario.

—No puedo dormir por ti, pero sí puedo arreglar lo de la comida. Si no tienes sueño y cuentas con los mínimos ingredientes necesarios, puedo preparar un plato que no me sale necesariamente mal: espagueti al óleo. Es sencillo y maravilloso.

La idea me sorprendió y me gustó. Le di carta blanca.

A los pocos minutos, Sebastian ya estaba picando ajos y tomando un frasco con guindillas que había olvidado que tenía, y hablando de lo loco que estaba el clima.

Era como si nada malo pasara, como si nuestro trabajo no tuviese que ver con las cosas más perversas que las personas estábamos dispuestas a hacer.

Aquel pudo ser un momento feliz, pero duró poco.

15

EL ENCANTO no se rompió de inmediato. En pocos minutos estuvo lista la cena y nos sentamos, animados, en la mesa de mi pequeño comedor. Era la primera vez que alguien cenaba conmigo en casa.

Hablamos de muchas cosas: de cuando éramos chicos, de los paseos que solía dar con su padre y su madre. Mi infancia no fue feliz, pero eso no tensó la conversación. Aquella noche Sebastian me pareció hospitalario, como si hubiera sido un buen amigo desde siempre. Incluso la atracción, la posibilidad de que hiciéramos el amor, aunque presente, no perturbaba la atmósfera. Era como si, tanto él como yo, pensáramos que ya habría tiempo para eso más adelante.

—Sé que te lo he debido decir primero a ti. Estoy al tanto de tus habilidades y conozco la existencia del grupo criminal, de la secta que se mueve guiada por ideas radicales para procurar su conservación. Desde hace tiempo algunos estamos al tanto, y no nos ha quedado otra opción que diseñar diversas estrategias para contenerlos —añadió.

—¿Cómo…? —comencé a preguntar.

—Eso no importa. La creación de la nueva dirección en el FBI no ha contado con poca resistencia, pero ha salido adelante. Sin embargo, los veo con poca claridad. A veces, ser empático puede significar ausencia de nitidez en el pensamiento sobre a dónde y cómo avanzar. Ya me lo dirás tú…

—¿Sabes quién fue mi padre? —pregunté.

—Sí. Fue uno de ellos. Aquí en el corazón del país ha sido importante el grupo porque ellos creen que estas tierras son especiales para salvaguardarse. Puede que por la cercanía con Stull, o qué diablos sé yo. Así como otras religiones consideran territorios sagrados algunos lugares, tenemos información de que estos parajes son uno para ellos, desde hace mucho tiempo. Mucho antes de que tu padre ingresara en el grupo.

—Me parece que ahora mismo están actuando de una manera diferente. No sé explicarme. Voy a intentarlo: antes no se exponían tanto, sí que han asesinado gente, nadie sabe cuántas personas, pero ahora es como si dijeran «aquí estamos, ya no permaneceremos más ocultos, ahora dejamos claro que somos un grupo que cree cosas de tal o cual naturaleza, y expondremos nuestros ritos en las escenas de crímenes cargados de simbologías para que sepan que existimos».

—Entiendo lo que dices. La escena de Pool no ha sido agradable, ni lo de los animales.

—Son gente poderosa. Creo que desde siempre. Están los Mattison, por ejemplo. Martín Pool descubrió algo… —comencé a contar. Luego hice una pausa, como preguntándome si estaba bien contar aquello a Sebastian, pero me respondí que sí.

Le conté todo lo que sabíamos.

—Entiendo. —Fueron sus palabras.

Me dio la impresión de que algo le preocupaba.

16

—He propuesto para que lideres las acciones en el ámbito nacional contra lo que sea que esté detrás de este grupo religioso asesino. Querían considerarlo como un grupo terrorista, me lo han dicho algunos miembros de mi familia que están cerca de los que toman esas decisiones. Se supone que no debería hablar de esto, pero confío en ti.

—¿Por qué a mí?

—Porque tú mejor que nadie puedes comprender la importancia de acabar con ellos. Tienes la habilidad y tu propia familia fue víctima de ellos.

—¿Desde cuándo existen? —le pregunté. Me interesaba su versión de las cosas.

—Creemos que la secta nació en el mundo antiguo, combinando creencias paganas y politeístas, convencidos de que las fuerzas sobrenaturales acompañaban al hombre a diario. Con la llegada del cristianismo, se sintieron atacados y tomaron partido por el mal, en contraste con el bien cristiano. Aunque al principio no creían en esa distinción, luego se apoyaron en ella. Al mismo tiempo que se han hallado evangelios, también se han hallado, se presume, escrituras de la secta. La secta no es uniforme; debe haber facciones, y creo que el asesinato de Pool fue obra de una facción, digamos, más radical. También pienso que son capaces de pasar desapercibidos, como lo han hecho durante siglos.

—Es decir, lo de Pool ha sido obra de una facción que se ha cansado de permanecer oculta —añadí.

—Sí. Bueno, eso es lo que sabemos, o mejor dicho, lo que conjeturamos. Al menos, lo más elemental. Disculpa que haya venido aquí a hablarte de esto. Me había hecho el firme propósito de servirte de escape, de descanso…

Cuando dijo eso, me miró con detenimiento. Miró mis labios de una manera especial. Me deseaba.

Pero yo no quería que nuestro primer encuentro sexual estuviese antecedido por el tema de la oscuridad.

Desvié la mirada y tomé los platos vacíos, que aún se hallaban sobre la mesa.

Él me ayudó a recoger.

—¿Quieres más vino? ¿O café? —pregunté.

—Eres adivina… Café expreso y sin azúcar, por supuesto. Un buen amigo decía que agregar azúcar al café era un sacrilegio.

Ambos reímos.

Ya había escuchado eso antes, pero no sabía dónde.

¡Qué tonto he sido!

¡No debí decir eso!

Lo decía Killian y Alexis podría recordarlo. Aunque no es para tanto. Mucha gente opina lo mismo sobre el azúcar y el café, y no percibo en ella ningún signo de desconfianza.

Ahora debe sentirme cercano, confiable, preocupado. Se lo ha tragado.

No será necesario hacer nada a Helen Pool. Lo que tienen gracias a ella es poca cosa. Aquí solo reina la confusión.

Eso pensaba Sebastian Haussmann, quien heredó la conducción de la secta una vez muerto Killian Carter, el padre de Alexis, quien también fue el asesino de su madre.

17

Sebastian se fue luego de tomar el café. Aunque no hubo nada íntimo entre nosotros, la cena me pareció erótica de una manera increíble. Todo con él era cuestión de tiempo.

No le respondí nada sobre la propuesta de que yo liderara la lucha contra la oscuridad. No me sentía con fuerzas suficientes ni con la claridad mental para ello. Desde hacía mucho tiempo el péndulo de Brais, el que había heredado de Wendy, la amiga de mi abuela paterna, no me ayudaba en nada. Últimamente mis visiones eran de tipo video, como una película, pero poco útiles. Solo contaba con mi razonamiento.

No creía ser yo la persona adecuada. Pero si no era yo, ¿quién lo sería? Tal vez alguien de la DEEM.

En ese caso, pensaba en Clark Parker. Era muy joven, pero el único que me causaba una buena impresión. Bruce me parecía demasiado perfecto, y Judy Holden, en extremo fría. Tal vez me equivocaba con ellos. Podría estar un poco paranoica.

Fui a la habitación. La gata de mi vecina continuaba maullando.

Tomé el móvil y me puse a mirar las noticias. Algunas veces, en momentos de insomnio, hacía eso. Luego encendí la tele. Comencé a hacer *zapping* sin mucho interés. Solo buscaba distraerme, desconectar. No solía hacer eso, más bien, suelo con intensidad adentrarme en las vísceras de los casos, pero podía ser que por la visita de Sebastian ahora mi actitud fuera diferente.

De repente, la foto de un perro me hizo detenerme en un canal. Subí el volumen en el mando. Se trataba de un programa de noticias un tanto amarillistas y de masivo consumo; del tipo riñas entre vecinos, comportamientos extraños, accidentes viales, violencia familiar. Cualquier noticia que diera que hablar. Pero en ese momento relataban algo que para mí era importante.

Un reportero de menos de treinta años caminaba por un sendero entre pinos. Contaba la trágica historia de las desapariciones de «nuestros mejores amigos».

—Imaginen ustedes que una noche su perro no vuelve a casa. Simplemente se esfumara sin explicación alguna. Esto es lo que ha sucedido a los Clayton, a los Dalton y a Sandra Barker, todos residentes del Valle de Napa, en California. ¿Es que hay un secuestrador de mascotas? ¿Algún odiador de perros?

Se veía la imagen de un *husky*, un *beagle* y un pequeño pomerania; en el cintillo ponía «Leo», «Molly» y «Chispa».

—Las familias no saben qué pensar. ¿Es que hay un cerebro macabro tras todo esto? ¿Un cerebro gatuno que busca venganza?

Apagué la tele. Me desagradó el tono burlesco, o poco serio del reportaje ante un hecho tan doloroso como que una mascota desaparezca. Por eso no me gustaban ese tipo de programas. Pero lo que más me desagradaba era que también en el Valle de Napa se había producido el episodio del caballo en el viñedo, que para la DEEM era un antecedente relacionado con el asesinato de Martín Pool.

Tuve la seguridad de que esos pobres animales también estaban muertos.

¿Por qué la oscuridad estaba haciendo eso?

La noticia me descompuso, pero me dije que tenía que dormir. En efecto, logré hacerlo hasta que el sonido del móvil me despertó.

Habían encontrado otra víctima.

18

La víctima se hallaba en las mismas condiciones que Martín Pool. La oscuridad no cesaba. O no lo hacía la facción de ella que deseaba dar a conocer al mundo sus rituales más antiguos.

La dejaron en la pista del Salón Mattison. Era una estudiante de Informática llamada Candice Shea. Tenía veinticinco años.

Ahora el mismísimo director del FBI había llamado a la jefa Tonny para pedirle que nos encargáramos del caso, con voz de mando sobre la DEEM. En otras palabras, Anne y yo tendríamos la voz cantante. No era que tal cosa no me creara curiosidad, pero era más importante centrarnos en la víctima.

¿Por qué el asesino o los asesinos estaban cometiendo este nuevo homicidio tan próximo al de Pool?

¿Qué era lo que estaba sucediendo en la secta?

En ese momento, tuve una visión. De repente apareció en mi cabeza un muro, uno de piedras grises; la tierra tembló y una grieta se abrió en el muro, de forma tal que este se destruyó.

«¿Qué diablos significaría eso?».

De nuevo el avión, el mismo; otro piloto y otro copiloto. Anne y yo a bordo. Otra vez al Salón Mattison, pero ahora aterrizaríamos en una pista en desuso, aunque en buen estado, más cerca del anfiteatro Mattison, ya que la principal era la escena del crimen.

La colaboración que había acordado la jefa Tonny con el FBI incluía también la participación de Rossy y de Lilian Peterson, la jefa forense del Departamento. Ella se iría en coche y llegaría luego que nosotras a la escena.

Al amanecer estábamos frente al cadáver de una chica de cabello rojizo. Fue lo primero que vi en ella, o lo primero en lo que quise fijarme. A pesar de que habían sacado parte de su masa encefálica, había otra parte de su cabeza que aún conservaba cabello.

Me agaché frente al cadáver, ignorando las náuseas, el frío y el dolor de cabeza que comenzaba a asomarse. Odiaba a la oscuridad, sus actos, sus consecuencias. Me sentía movida por el odio como nunca. Pero de alguna manera, este me daba la fuerza necesaria.

Y entonces lo vi. Primero no sabía lo que era, solo que brillaba. Era un pendiente. Se había desprendido de la oreja de la víctima. Destellaba y tenía forma de mariposa.

Ese hallazgo me hizo sentir todavía más pena por la chica. Mi odio se transformó en dolor. Me abordaron unos enormes deseos de llorar, y lo hice. La pena me hacía conectar con la víctima, en cambio, el odio tenía que ver no con ella, sino con los asesinos. En aquel momento era más importante la víctima, Candice, lo que su cuerpo inerte pudiera decirnos. Aparté las lágrimas y me concentré.

Estaba envuelta en un vestido color sepia con algunas

vetas rosas. Me invadió el olor metálico de la sangre. Sentí náuseas de nuevo. Me sobrepuse y miré su rostro. Esta chica era muy joven y tenía los labios pintados de color granate oscuro, pero el barniz alteraba la forma de su boca porque expandía los bordes con asimetría.

El cuello desnudo era muy delgado, se veía frágil. Todo en ella parecía frágil. La posición era la misma de Martín Pool; un brazo dibujando un ángulo, y el otro, uno distinto. Lo mismo las piernas... La mujer de Vitruvio, la joven de Vitruvio...

Las piedras negras y los símbolos estaban también allí, bordeándola.

«¿Por qué matar a esta chica?». «¿Cuál era la razón?».

—¿Qué habrá hecho esta pobre criatura ante la mente enferma del asesino para terminar así? —preguntó Anne.

19

Aún no se había encontrado la mesa macabra con los sesos, pero Anne y yo temíamos que estuviese por allí.

Volví a sentirme mareada, y prácticamente congelada.

—¡Este maldito lugar! —murmuró Anne.

Yo pensaba igual que ella. Estábamos atrapadas en un rito criminal, caíamos en él una y otra vez, y no sabíamos por dónde tirar, solo admirar aquel espanto. La ventaja era que ahora el mando lo tendríamos nosotras. En el nuevo esquema colaborativo, la DEEM debía atender a nuestras directrices. Sabía que aquello había sido obra de Sebastian.

Vimos venir caminando a Clark Parker. Detrás de él estaba Bruce Chapman. Y más atrás, Judy Holden.

—Mira tú... la DEEM en pleno, como corderitos — dijo Anne entre dientes.

—Agentes, es un gusto volver a verlas —expresó Bruce cuando ya se encontraban más cerca. Me pareció demasiado animado, considerando las circunstancias.

Judy hizo un movimiento de cabeza en señal de saludo y Clark me miró con fijeza.

—Habrá que esperar el reporte forense para conocer la hora con exactitud. Ahora estamos en peor situación que antes. Esta vez no hemos detectado el ingreso de ningún coche por la vía principal hasta estos parajes. Quien ha matado a Candice Shea lo hizo ingresando por el bosque, y aquí no hay cámaras —agregó Holden.

Ella parecía tener la mente más metódica del grupo.

—¿Ustedes pusieron vigilancia sobre las personas de interés? —preguntó Anne. Noté un ligero aire de revancha, o más bien, de acusación cuando pronunció la palabra «ustedes».

—Sí, lo hicimos. Y ninguno de ellos pudo ser el autor de esto. Estamos en cero —puntualizó Clark Parker.

Me extrañó que se atreviera a hablar así, de primeras.

—Quisiera decirles algo más —agregó Clark.

Nos dirigimos al interior del Salón Mattison, siguiendo la propuesta de Holden. Con este nuevo asesinato se había tomado la determinación de cerrarlo al público. Ingresamos a la sala de la dirección. Allí había una mesa en torno a la cual nos sentamos. Yo tiritaba de frío.

—He accedido a cierta información y, con un ejercicio de imaginación, creo tener al menos en parte una idea de uno de los hitos centrales en los que creen las personas que están cometiendo estos asesinatos.

Esas fueron las palabras de Clark Parker. Ahora parecía lleno de una seguridad que antes no había detectado en él. Como si fuera otra persona.

¿Qué era lo que había cambiado en menos de dos días? ¿Es que el de antes había sido un disfraz y este era el verdadero Parker?

¿Y si los iniciales sospechosos no pudieron haberlo

hecho, entonces Anne y yo debíamos concentrarnos en uno de los miembros de la DEEM como un posible asesino?

Una voz dentro de mi cabeza se empeñaba en preguntarme eso.

20

—Te escuchamos —dijo Anne.

—Es la consciencia y la turbación. La historia se ha alimentado por dos tracciones siempre y por las decisiones en torno a ellas, como un péndulo. Hubo épocas de claridad, de optimismo, pero las guerras, por ejemplo, nos han hecho desistir de tales actitudes, y cada vez que caemos, lo hacemos más profundo hacia un pesimismo fulminante. En ese lado del movimiento pendular de la humanidad es en el que nos defraudamos, pero luego intentamos volver a entusiasmarnos.

Noté que Judy Holden hizo un gesto de desesperación mientras Clark hablaba.

—Lo que quiero decir es que estas ideas pendulares se hallaban de manera incipiente en el Imperio romano, y más atrás. Los símbolos en las escenas, estoy casi seguro, se corresponden con los existentes en los *domus*, lugares de reunión de los greco-ortodoxos que según las escrituras consolidaron las asambleas de los primeros cristianos en el Medio Oriente, pero que luego fueron desechados porque esos primeros creyentes no pudieron renunciar al politeísmo. Mucho menos cedieron ante la imposición del cristianismo. De allí surge el paganismo, entre otras vertientes.

—¿Lo que estás queriendo decir es que estamos ante una secta resentida con el cristianismo que dominó gran parte del planeta, pero que su origen en algún momento fue común? —puntualizó Anne.

—Todos los orígenes de la humanidad son comunes —consintió Clark—. Y ellos creían en la confluencia entre lo humano y lo divino, pero no en la distinción entre el bien y el mal. Por eso lo de la forma circular y en espiral de los símbolos. Las líneas rectas son deterministas, los círculos no lo son. El estudio de los símbolos actuales del paganismo determina que son también circulares.

—¿Y de dónde sacas todo esto? —preguntó Anne.

—Ya lo he dicho. En parte lo he soñado, y en otra, lo he investigado.

—¿Cómo una revelación a un profeta? —cuestionó Anne.

Me pareció algo ruda con el chico. Yo también soñaba cosas que luego se convertían en contribuciones para los casos, y ella lo sabía.

—No soy un profeta. Solo intento ordenar las piezas en mi propio rompecabezas —respondió Clark Parker, retador.

—¿Hay alguna explicación para las escenas? ¿Para las piedras y los sesos? —pregunté.

—Las piedras tienen una enorme significación en las escrituras cristianas. Pero es variada: son símbolos de violencia, como cuando se relata el castigo mediante apedreamientos; o son símbolos de fortaleza, cuando los hombres sabios sobre roca edifican, y los necios, sobre arena —agregó Bruce—. Si lo que dice Clark es cierto y hay un origen común entre las creencias cristianas y las paganas, esto podría significar algo.

—¿Un círculo de violencia fuerte que recoge o encierra a las víctimas para que no puedan escapar? —comencé a decir, atropellando las palabras.

—Eso justamente es lo que creo yo —confesó Clark—. Mira, ¡lo he escrito justo esta mañana…! No podía…, no podía dormir pensando, y luego lo escribí.

Al decir eso, Clark sacó un papel del bolsillo de los vaqueros que llevaba, lo desdobló y me lo mostró. Solo a mí. Yo tomé el papel y, al hacerlo, tuve una visión. Lo vi de niño, de unos siete años. Estaba asustado al final de una escalera. Parecía una escuela. Se escuchaban las voces, los gritos de otros chicos. También un ruido como el que hacen los zapatos al golpear un balón. Pero Clark no quería que lo encontraran. La última vez le bajaron los pantalones y los botaron en el basurero de la escuela. Él se moría de vergüenza…

Otra vez, como me sucedió con Johana Fischer, sentí que estaba viendo una película, una secuencia de algo traumático de su pasado. Luego las imágenes desaparecieron.

Cuando volví a la realidad, Clark Parker me miraba como si hubiese descubierto lo que supe de él.

Miré entonces la hoja. Y, en efecto, Parker había escrito las mismas palabras que yo acababa de pronunciar.

—Bien. Ahora debemos centrarnos en cómo continuar la investigación. Según se nos ha informado con carácter oficial, ustedes están a cargo. ¿Cómo desean proceder? —preguntó Judy Holden en su característico tono neutral.

—Pues tenemos que hablarles de un hallazgo que desconocen —confesó Anne.

—Lo sospeché. El cuadro de *El Juicio Final* venía con otra cosa, ¿verdad? —preguntó Bruce.

—Sí. Venía con otra cosa. Con esto —respondió Anne y sacó las hojas. Clark las tomó.

Vi una de sus manos, temblorosa.

Leyó el contenido y luego las pasó a Judy Holden. Ella las miró con más rapidez y las pasó a Bruce.

Mientras él las miraba, Judy tomó su móvil y tecleó.

—No las culpo por ocultarlo. No estuvo bien la forma como las despachamos —reconoció Bruce. Noté que Anne recibió el comentario como una disculpa.

—¿Qué opinas de eso, Clark? —preguntó Judy.

—No veo nada claro. Solo la posibilidad de que Martín Pool haya descubierto que los Mattison forman parte de la secta oculta y que también tuvieron que ver con el incendio del Salón, a principios del siglo pasado. Por ello pudo plantearse un *quid pro quo* —respondió él.

—Ahora he mirado el nombre Eva Mattison, que aparece allí escrito. Fue una joven estudiante del Salón Mattison el año del incendio. Fue una de las pocas sobrevivientes. Y era tía de Myrna Mattison. Y he buscado la fotografía, la he pasado por el programa de reconocimiento facial que manejo. Su rostro es muy similar, casi idéntico al de Myrna y también al de muchas otras Mattison desde los colonos —dijo Judy.

—¿Cómo puede ser eso posible? Espero que no estés hablando de una suerte de ser inmortal —aclaró Anne.

—No. Ni mucho menos. Pero la forma de lograr este parecido no implica que se trate de la misma persona. La explicación puede quedar en el plano racional, biológicamente hablando. Esta familia pudo procurar escoger hombres con características fenotípicas similares para lograr el resultado deseado en los hijos, siguiendo un fenotipo ya procurado en las mujeres.

—El resultado de la fijeza de la apariencia —completé.

—¡Exactamente! Tenemos la falsa idea de que el estudio anatómico y fisonómico es algo moderno, pero no es así. Es de las primeras cosas que la humanidad estudió: las apariencias. Esta familia, y la secta, si es que en efecto pertenece a ella, pudo seguir durante siglos el mismo patrón de selección para que las Mattison fueran muy parecidas entre generaciones.

Recordé el rostro de Myrna Mattison, la heredera que vivía rodeada de libros y haciendo los análisis que ella había llamado actanciales y funcionales de unos textos. La imaginé quinientos años atrás bajo la luz de un candelabro de velas, escuchando música en un salón; también todavía más atrás, en una morada de piedra cubierta de pieles.

—¿Con qué objeto? —preguntó Anne, sacándome de mis ideas.

—Porque creen en la repetición. Si algo es predecible y repetitivo es un péndulo. Si algo es repetitivo, son las medidas humanas como las descritas en el *Hombre de Vitruvio* —dije, y miré a Clark.

—¡Así es! He leído que el *Libro de Kells* no fue el único hallazgo del siglo I. Se dice que, junto a él, se encontraron especies de libros apócrifos que contenían las medidas de Vitruvio, pero eran las medidas del alma… Sin embargo, las fuentes que aseguran eso no son confiables, ya que nunca se ha hallado tal manuscrito paralelo al de Kells, encontrado en Irlanda —dijo Clark.

Ahora volvía a parecer un chico tímido y asustadizo.

23

—CREO que es hora de que distribuyamos tareas. Clark, continúa tus pesquisas. Dedícate solo a eso. Piensa y sueña todo lo que quieras, y debes comunicarte con una agente llamada Rossy, de nuestro Departamento. Todo lo que pienses debes decírselo a ella. Judy, continúa la línea de investigación en relación con la familia Mattison. Investiga en libros de historia, en prensa, en donde se te ocurra. Interesa saber si es cierto que esa familia ha mantenido como patrón la conservación de una fisonomía. Si han dedicado tiempo a eso, puede que encontremos que también han dedicado tiempo al mantenimiento de ciertas condiciones que impliquen el ejercicio de delitos. Que pueden no detenerse ante nada, dicho más claro, podrían tener ideas de superioridad racial o algo así. A saber... Desde ahora, Myrna Mattison pasa a ser nuestro principal sujeto de interés. Aunque no haya asesinado a Candice Shea, eso no la exonera. Puede tener un cómplice —afirmó Anne.

—Eso deja en la misma situación a Leonard Blake y a Hebert Mallín. También a Johana Fischer —acotó Bruce Chapman.

—Sí. Es cierto. Y por ello, voy a pedirte, Bruce, que vuelvas a visitarlos. Maneja cualquier excusa. Ya sabrás ideártela. Se te da bien. Mira a ver que intuyes o percibes en ellos. Algo que nos lleve a pensar que pueden formar parte de la secta que estamos sospechando —ordenó Anne.

—Está bien —dijo él, y sonrió. Había encajado el golpe del comentario nada gratuito de Anne sobre que se le daba bien el trato con las personas.

—Alexis y yo haremos lo que sabemos hacer. Internarnos en el mundo de la víctima, en este caso, de Candice Shea, y responder a una simple pregunta: ¿por qué el asesino o los asesinos de esta maldita secta la eligieron a ella como la nueva víctima? Y a ver si aclaramos el enigma de cómo pasan de acabar con animales a asesinar personas. Además de por qué lo hacen aquí, en torno al Salón Mattison —agregó Anne.

—Es posible que haya que remontarse aún más atrás en cuanto a los sucesos de este lugar —manifestó Clark.

Sabía a lo que se refería.

—A los doce niños que murieron calcinados —completé.

—Así es. Me parece aterrador que ensayen aquí una canción que compuso el padre de Myrna Mattison en conmemoración de esa tragedia. Se supone que la partitura estaba allí en el lugar del incendio y, milagrosamente, no se quemó. Más aún si…

«Lo que descubrió Martín Pool lo condujo a pensar que pudo haber sido provocada por los propios Mattison, por

Eva Mattison. Sería como la música de la victoria de la muerte», pensé.

Pero él, Clark Parker, en el mismo momento en que yo pensaba eso, pronunciaba las mismas palabras.

Era alucinante. Como si pudiera leer de forma clara y perfecta mi mente.

PARTE IV

FRAGMENTO DE UN MANUSCRITO
HALLADO POR MARTÍN POOL, EN
PARADERO DESCONOCIDO

Una crueldad desconocida mueve mis actos. Pretendo infligir la mayor infelicidad posible. Padezco la misma enfermedad que padecía mi padre. Él, en algún momento, pensó que sus desvaríos tenían que ver con el asfalto de los barcos. Con algún tipo de intoxicación desconocida. Era su deseo comunicarse con su amigo el doctor del Círculo Lunar, para manifestarle lo que le estaba sucediendo, para ver si lo salvaba. ¡Qué tonto!

En mi caso, no tengo nadie a quien contarle mi transformación, mi intoxicación. Al menos no buscando una cura. No podrían ayudarme, sino que, al contrario, se espantarían. Son miedosos; debajo de sus ropas hay muchos miedos pudriéndose.

Sé que he hecho cosas terribles. Lo que pasa es que, al final del día, dejan de parecerme terribles. He comenzado en aspectos sutiles a bordar mi intriga. He volcado todos mis conocimientos para hacerlo lo mejor posible. Tengo un mapa hecho de cada una de las personas que conozco. Por ejemplo, sé que Meredith es muy ingenua y noble, y que le impresiona demasiado el sufrimiento. Entonces conduzco todas las conversaciones en esa dirección. Y he aprendido a alegrarme de su sufrimiento. Es una sensación picante como una buena pimienta.

También he descubierto que el pequeño Wallace lucha constantemente contra creencias muy arraigadas que no ha podido desechar del todo. Es posesivo con las cosas sencillas. Le he escondido sus juguetes preferidos. Estuvo como loco buscándolos y de pésimo humor varios días; lloraba por las noches.

Con Mariam me superé realmente. Ahogué al cachorro. No sé cómo lo hice. Intenté detenerme a mí misma, pero no pude. Y le corté las patas a una lagartija. Con mis conocimientos la salvé. Me divierte ver cómo se desplaza.

Llevo más de tres meses construyendo la destrucción de las almas de quienes están a mi lado. Lo hago con premeditación, con intención, con gusto. Y de más está decir, con mucho ingenio. He destruido cosas muy preciadas para mí, para culpar de dicha destrucción a alguna de mis hermanas. Destruí mi gramófono. Me quedé entonces sin música por pura estrategia. Y lo peor es que ya no la extraño. Ya creo que todos somos animales primitivos, enlodados, y que lo bello es una ficción, una idea fallida. Antes la música me aliviaba.

Hanot cometía crueldades. Las describe en las escrituras inspiradoras que he leído. Era como yo, consciente de ellas. Pero solo recordaba las cometidas durante un solo día. Luego las olvidaba. A mí también se me olvidan. Decidí todos los días escribirlas para no privarme del placer de mis actos, y así continuar la tradición iniciada. En un último acto prenderé fuego a la sala donde están los niños. Ahora sé de dónde proviene mi naturaleza. Soy una ascendere por completo y es inútil enfrentarme a ello. Lo llevo en el rostro y en la sangre. Y siendo así, he matado antes. Soy un fantasma de los seres que ascienden y vuelven y vuelven a existir siempre, como en una espiral. Solo nosotros contamos con el escrito de Hanot; el verdadero.

Somos los oscuros privilegiados, aquí en el corazón del país, en la nueva humanidad.

Eva Mattison, 1923.

1

Lo PRIMERO QUE descubrimos sobre Candice Shea era que se trataba de una chica con una inteligencia brillante.

Había conseguido una beca en el Salón Mattison. Estudiaba Informática, vivía sola en un piso de lujo. Su familia tenía dinero y no vivía en Kansas, ni siquiera en el país.

Anne y yo fuimos a visitar su piso. No hallamos nada importante, pero pude hacerme una idea de su personalidad: metódica, ordenada, lógica; leía literatura.

Lo único llamativo era que tenía un libro de Martín Pool en su casa. Parecía nuevo. Se llamaba *Fisonomía, química y religión*. Había sido escrito veinte años atrás.

Hallamos varias revistas en donde se veía a una hermosa Candice posando. Antes de estudiar, había dedicado dos años de su vida a las pasarelas y a ser modelo publicitaria.

Hablamos con una mujer que limpiaba su vivienda dos veces por semana. Le pedimos que fuera a la casa de Candice para entrevistarla. Parecía que la chica tenía obsesión por la limpieza de los cristales de los ventanales de su piso, y esta mujer los limpiaba con esmero.

Mary Saville, la mujer que limpiaba los cristales, llegó a la cita. Se trataba de una mujer de unos cuarenta años, que pertenecía a una empresa de limpieza. Llevaba el pelo corto y vestía uniforme.

—Reconozco que estoy nerviosa porque es la primera vez que hago una declaración ante la Policía. ¿Es que le ha pasado algo muy malo a la señorita? Dicen que está muerta. Que la mataron… Ella estaba normal, como siempre, con sus altos y bajos. Era impredecible. Ella podía cambiar de opinión en cualquier momento, pero creo que es mi deber decir algo —anunció Mary Saville.

—¿Qué es lo que cree su deber decir? —preguntó Anne.

Yo la observaba. Parecía una mujer con una mente confusa.

—Estoy segura de que la señorita tenía un nuevo novio. Yo creo que esta barbaridad la cometió alguien que la engañó. ¡Todavía mis manos están temblando! ¡No lo puedo creer! La mañana de hace tres días la señorita Candice me dijo que ella cocinaría y que podía irme temprano esa noche. Tengo una amiga que ha vuelto a Wichita desde Nueva York, y me vi con ella unas horas. Y anoche también estaba con ella. Pueden preguntarle. Así que tengo una buena coartada, si es que la necesito. No lo creo, porque nadie puede pensar que yo tengo algo que ver con lo que pasó. Quien hizo esto debería arder en el infierno. Al menos, eso pienso yo.

Comenzaba a desesperarme.

—¿Por qué cree que Candice tenía un nuevo novio? —intervine.

—Porque estaba entusiasmada. Más que de costumbre. Y era alguien que estaba metiéndole ideas extrañas. No se imaginan lo que encontré en su habitación… Lo pienso y creo que este mundo en realidad ya está perdido.

2

—¿Qué fue lo que viste? —preguntó Anne.

—La señorita tenía unos papeles extraños. En ellos aparecían perros decapitados, también otros animales más grandes, ovejas. Eso me parecieron. Eran dibujos que mostraban con detalles en color rojo los órganos de los animales. ¡Horrendos!

—¿Sabe dónde están? —preguntó Anne.

—¡Oh…, no! ¡Dios santo! Creo que se dio cuenta de que los vi y luego desaparecieron —respondió.

—Espere un momento, Mary, ¿cómo está tan segura de que Candice tenía eso gracias a la influencia de este nuevo novio? —Quise saber.

—Porque ella nunca habría tenido algo como eso en casa. Y una se da cuenta cuando algo no cuadra. Quienes nos dedicamos a la limpieza vemos muchas cosas, y cuando hay algo que no encaja, somos las primeras en saberlo.

—¿Eso no podría formar parte de algún trabajo universitario? Sabemos que estudiaba Informática, pero podría ser que estuviese avanzando alguna investigación sobre el maltrato animal o algo similar… —propuse.

—Es posible. Ahora que lo dice. En ese momento no se me ocurrió. Además, hay otra cosa que podría tener que ver con lo que usted está diciendo. Hace unos días la vi mirando en el ordenador una noticia, en un portal donde denunciaban el maltrato animal. Una bestia metió un gato dentro de una licuadora. ¿Pueden creerlo? Es que yo no me lo creo. Habrá que irse a vivir a un pueblo, a una aldea apartada de todo. Y se lo dije a ella, a Candice. Me miró y me dijo que era ingenua. Que la maldad estaba en cualquier parte. Mucha gente decía que la señorita era insoportable. A mí siempre me trató bien. Eso sí, era de esas personas independientes que lo tienen todo, y algunas personas podrían pensar que eso es un desequilibrio. ¿Por qué la gente como Candice lo tiene todo y otros casi nada? Era muy bonita, rica, inteligente, ocurrente. Y además…, parece mentira…, me contó que un día, solo un día, jugó a la lotería y la ganó. ¿Pueden creerlo? Alguien así, tan afortunada, provoca demasiada ira en la gente de mal corazón.

—Ya veo. Usted venía martes y jueves, ¿verdad? —Quise asegurarme.

Mary afirmó.

—¿Candice hizo algo el último martes o jueves que le llamara la atención? O piense mejor, ¿desde que encontró esas ilustraciones de animales en su habitación, o desde que la vio mirando esas páginas en el ordenador? Haga memoria, por favor. Cualquier cosa será de utilidad, por pequeña que le parezca.

—Fue al hotel que está cerca del aeropuerto, no recuerdo su nombre. Dijo que tenía que ir para «estudiar el patrón». Eso dijo. Se trataba de una conferencia, o algo así, sobre ciberseguridad. Me pareció raro porque decía que no le gustaba asistir a esos «eventos». Que estaban llenos de gente mediocre a la que solo le interesaba el postureo.

—De acuerdo. ¿Algo más? —le pregunté.

—No que yo recuerde, señora —respondió de nuevo nerviosa.

3

SALIMOS DEL PISO DE CANDICE. En el coche, que esta vez rentó el Departamento para nosotras, intercambiamos impresiones.

—Candice era envidiable. Primer punto. Era muy directa y se hacía una opinión sobre las cosas, y no temía decirla; dos. Tres: de repente se interesó por la crueldad animal. Cuatro: según Mary, tenía un nuevo novio, pero no sabemos quién es y si en realidad eso es así. Cinco, quería comprender un patrón, y para ello fue a un evento de ciber-seguridad. Ahora, ¿qué diablos hacemos con esto? ¿Tienes alguna teoría? Soy toda oídos —dijo Anne.

—Y no olvides que era una chica ordenada, capaz. Eso no nos lo dijo Mary, sino su hábitat, su piso. Además, tenía un libro de Martín Pool con un título bastante llamativo. Me pregunto si...

—¿Si qué? —me interrumpió Anne.

—La fisonomía... otra vez. Y el parecido de Myrna Mattison con sus antepasados que detectó Judy Holden. Es igual... Vayamos al hotel donde tuvo lugar la convención de ciberseguridad o lo que fuera que interesó a Candice. Preguntemos de qué se trataba.

Anne asintió, no muy convencida.

—Estoy segura de que una chica como Candice, en medio de ese escenario, no pasaría desapercibida. La mayoría tendría otra apariencia, otra personalidad. Además, es posible, y aunque parezca una aguja en un pajar, que allí demos con algo. Algunas veces tengo la impresión de que en este caso hay alguien limpiando todo antes de nuestra llegada —sugerí.

—No te entiendo. ¿Como si se adelantaran a nosotras, quieres decir…? —Quiso confirmar Anne.

—Como si dependiéramos solo de nuestros razona- mientos y solo pudiéramos trabajar con pequeñas cosas que hayan pasado por alto; con mínimos detalles porque no encontraremos grandes pruebas ni hallazgos. Si logramos resolver esto, será gracias a los detalles, Anne.

Inspiré.

—¿Sabes? Tuve una visión sobre un muro al cual se le hacía una pequeña grieta, pero luego esta daba paso a la destrucción total. Creo que eso es lo que quiero decir con los pequeños detalles —expliqué.

—Espero entonces que seamos nosotras esa grieta — dijo Anne y suspiró.

4

CON LA AYUDA de Rossy supimos el nombre del hotel y del seminario sobre ciberseguridad. Se trataba del Golden Garden International Hotel y del evento llamado La Ciberseguridad: ¿Privacidad o Espejismo?

Al llegar al hotel, nos dirigimos a hablar con el gerente de eventos empresariales. Se trataba de un hombre sonriente que, a todas luces, desde que se levantaba de la cama, o mejor dicho, desde que salía de casa, se ponía la máscara de persona amable y optimista. A la vez me dio la impresión de que, en realidad, en el mundo privado, otra cosa sería. Tal vez lo que me pareció fue demasiado perfecto. Vestía con un traje impecable, llevaba un pin en la solapa que parecía mostrar la imagen conocida del protagonista de *El fantasma de la ópera*, tenía el pelo corto y grisáceo, la barba corta y los ojos verdes. Olía a loción de afeitar.

—Soy Phil Harmon. Estoy a sus órdenes, agentes — dijo y sonrió de manera innecesaria.

—Muchas gracias —respondió Anne al tiempo en que nos sentábamos frente al escritorio que él ocupaba.

Sobre la madera me fijé en unas flores pequeñas color mora y una escultura de un caballo galopando.

—Estamos interesadas en conocer detalles sobre el evento llamado La Ciberseguridad..., que tuvo lugar aquí hace unos días —dijo Anne.

—Claro. Con mucho gusto. Permítanme mirar —respondió y buscó algo en un ordenador portátil que también estaba en el escritorio.

—Fue contratado por Empresas Benson. Son nuestros clientes. Se trató de un seminario para unas cincuenta personas. No tenían pretensiones de organizar un evento masivo. Tuvo lugar en el Salón Dorado y todo se desarrolló con total normalidad —añadió y volvió a reír.

En el fondo se preguntaba por qué diablos nos interesaba hablar de eso.

—Permítanme imprimir el listado de asistentes. Solemos llevar registro de quienes participan en los eventos para luego incorporarlos como potenciales clientes de nuestros múltiples y espléndidos beneficios... y... ¡Aquí está! —dijo con aire de triunfo, como si hubiese ganado una batalla de vida o muerte. Era un sujeto bastante exagerado en sus emociones.

Se levantó y se dirigió a donde reposaba la impresora.

Volvió con dos hojas impresas y nos entregó una a cada una.

Leímos y, tanto Anne como yo, nos detuvimos en un nombre. Leonard Blake había asistido al seminario y su nombre figuraba junto al de Candice Shea.

Pero eso no era todo.

5

El último nombre de la lista era el de Eileen Dixon.

«Sería mucha casualidad», pensé.

—¿Podría decirnos dónde se ubica el Salón Dorado y si tiene un área de restaurante o cafetería cerca? —pregunté. Se me había ocurrido algo.

—Desde luego. Se ubica en esta misma planta, frente a la piscina. Cuenta con una cafetería muy apacible para que quienes participan en las actividades puedan sentarse al momento del descanso. La encontrarán sin dificultad —manifestó.

Luego pareció permitirse un momento de sinceridad.

—¿No pensarán que la muerte de esa chica tenga que ver con que estuviese en esta actividad...? Eso sería totalmente absurdo —dijo con una entonación más aguda y aflojando el nudo de su corbata. Estuve segura de que era un sujeto terriblemente infeliz, atrapado en un trabajo que odiaba y que debía fingir un campante optimismo y buen humor a cada segundo.

Anne le respondió que no tenía de qué preocuparse. Nos despedimos y salimos de la oficina.

Noté que él se quedó mirándonos un instante y luego cerró la puerta.

—¿Qué tendría que hacer aquí en el seminario el flamante y engreído profesor de teatro? —me preguntó Anne en voz baja.

—Cuesta imaginarlo. A menos que tuviese algo con Candice, que fuera el nuevo novio, según Mary. O que simplemente vino para buscar inspiración para sus obras. Eso, no es que yo lo crea, sino que es lo que él nos podría decir si le preguntáramos. Además, ya sabemos que, según nuestros amigos de la DEEM, cuenta con coartada porque estaba vigilado —concluí.

—Ya.

—Pero hay alguien que estaba aquí y que no sabemos si cuenta con coartada o no —expresé.

Anne me miró con cara de extrañeza.

—¿Recuerdas que la esposa de Orla Dermody se interesaba en los Ascendere? Y la verdad es que parece extraño que una veterinaria supiera tanto sobre una teoría de Pool que poca gente conoce. Más extraño aún que se interesara por la ciberseguridad —completé.

—¿Cómo sabes…?

—No lo sé. Es solo una hipótesis. Orla dijo que se llamaba Eileen, y aquí hay una Eileen Dixon entre los asistentes.

—Rossy nos lo dirá inmediatamente —sentenció Anne mientras tomaba su móvil.

6

En efecto, se trataba de la esposa de Orla Dermody.

Estaba registrada en la misma dirección que la agente.

Buscaríamos hablar con ella en cuanto saliéramos del hotel. Podría no significar nada, pero también podría ser importante. Deseé que mis habilidades empáticas se afinaran para poder descubrir algo valioso al ver o tocar a esa mujer.

—¿Qué quieres ver en el Salón Dorado? —me preguntó Anne mientras descendíamos un par de escalones y nos adentrábamos en el ala derecha de la edificación, desde donde podía verse una hermosa piscina, pero cubierta. El clima no invitaba a utilizarla.

—Alguien como Candice debe ser recordada. Es solo una suposición. No me interesa ver el salón, sino la cafetería —puntualicé.

Seguimos avanzando y llegamos al lugar después de cruzar un área donde estaban exhibidos varios cuadros y esculturas.

Se trataba de un espacio pequeño, pero acorde al tamaño de la sala, me dije.

Había varias mesas y un mostrador donde se encontraba una chica aguardando. En cuanto nos vio, guardó algo que estaba leyendo.

El lugar en ese momento no contaba con ningún comensal.

Nos acercamos al mostrador.

—Hola. ¿En qué puedo servirles? —dijo la chica. Su voz era grave, bastante ronca. Tenía un *piercing* diminuto en la nariz.

Le mostré una fotografía de Candice Shea.

—¿La has visto? —pregunté.

Luego mostramos nuestra identificación.

—Sí. Hace una semana la vi aquí en el hotel. Salió de ese salón, y la verdad es que destacaba un montón del resto. Era una cara poco común, y por eso la recuerdo también.

—¿Qué significa eso de «también»? —intervino Anne.

—Es que además la recuerdo por otra cosa. Yo vi a esa mujer aquí mismo, en esa mesa. —Señaló—. Junto al sujeto que mataron.

—Espera, ¿te refieres al profesor Martín Pool? —preguntó Anne mientras buscaba en su móvil una fotografía de él.

—Sí. ¡A ese mismo! Lo he visto en la prensa. Estaban aquí hablando y tomando café. Él, un café solo, y ella, un capuchino. Estaban en buen plan, hasta que llegó la otra mujer.

«La otra mujer…», me repetí.

7

—¿Esta? —le pregunté mostrándole una fotografía que Rossy me había enviado hacía instantes.

—¡Vaya! Usted lo sabe todo. Sí, es esa.

—No te lo imaginas… —comentó Anne con una media sonrisa.

Le acababa de mostrar la foto de Eileen Dixon.

—¿Qué pasó cuando esa mujer llegó? —Quise saber.

—La cosa más extraña que he visto, y la verdad es que para mí ese hombre era un sádico.

Anne abrió más los ojos y yo también me sorprendí.

—Hizo como un juego. Ellas dos no le perdían detalle a sus palabras. Quiero decir que la mujer que llegó al final también se sentó con ellos. Me acerqué para preguntar si deseaba algo, me dijo que no y me miró de una manera fulminante, como quien dice «vete de aquí». Me vine tras el mostrador, pero no dejé de mirarlos.

Hizo una pausa y luego continuó.

—Entonces, el hombre dio como un discurso, aunque era más como si aplicase un examen. Les estaba preguntando algo. La primera en contestar fue la recién llegada. Dio como una respuesta a lo que él había dicho antes y el hombre movió la cabeza de un lado a otro. Tenía, como dice mi novio, una actitud de «perdona vidas», sea lo que sea eso. Luego respondió la otra chica, la llamativa. Entonces el hombre se quedó mirándola, pero de forma diferente. Él habló de nuevo como quien dicta cátedra. La mujer mayor se levantó y se fue casi corriendo, y la otra se quedó allí, hablando con el hombre.

—Continúa, por favor —le pedí.

Ese era el tipo de cosa que estaba buscando, esos detalles producto de la observación de personas que podríamos considerar ajenas al caso.

—Después de eso tuve que atender a varios clientes que llegaron en bandada y lo olvidé, hasta que en la noche se lo conté a mi hermana menor. Ella también tiene la costumbre de dejar a la gente así, levantarse e irse. Es impulsiva, y no me parece bien. Le puse de ejemplo a la mujer de la cafetería, y lo hice porque me pareció aleccionadora la situación, una demostración de lo mal que quedan las personas que no se despiden ni guardan la compostura.

—¿Por casualidad escuchaste algo, alguna palabra suelta de lo que él decía? —insistí.

—Escuché poca cosa. Algo como «un prisionero» y «dos puertas». Nada más.

Entonces lo comprendí todo.

8

—CREO que hemos pensado poco en la personalidad de la víctima, Anne. Hemos cometido un craso error.

—Es lo que estamos haciendo, intentando comprender la vida de Candice...

—No. No me refiero a Candice, sino a Martín. Y con todo esto he olvidado hablar con Helen... —le dije.

—No te sigo.

—Espera —le pedí.

Caminábamos al coche en el aparcamiento del Golden Garden International Hotel.

Llamé a Helen Pool, o mejor dicho, a la agente de resguardo con la que estaba. Helen había entrado en un programa de seguridad mientras se resolvía el caso. Me comunicaron con ella.

—Tengo que agradecerle lo que han hecho por mí. Sabía que solo ustedes podían ayudarme. Disculpe por no haberle entregado directamente esas páginas de mi padre. Si lo hubiese hecho, ellos lo habrían sabido... —me dijo Helen. Su voz sonaba calmada.

—Ahora quiero preguntarle algo. ¿Su padre era alguien amable o…?

—No. Jamás podría definírsele así. Era un hombre dedicado a un solo fin, a una obsesión. Eso envilece. Lo sabemos quienes convivimos de pequeños con alguien así. Son personas tremendamente egoístas. Con el tiempo, en la medida en que iba encontrando las piezas del rompecabezas de sus investigaciones, se fue haciendo peor, creo que incluso llegó a tener momentos de sadismo. Le gustaba probar a las personas.

—¿Le solía contar «el cuento del prisionero»? —pregunté.

—Sí. Pero conmigo no funcionaba. Desde niña lo resolví. Aunque debo decir que lo resolví porque la noche anterior un hombre, un espíritu, se sentó en mi cama y me lo contó, aunque un poco diferente. La idea era que un viajero necesitaba llegar a La Meca y se encontraba en una bifurcación en el camino. Había dos hombres al principio de cada vía; uno que siempre mentía y uno que siempre decía la verdad…

—Pero el viajero solo podía hacer una pregunta a uno de los dos —completé.

Ella rio. La escuché. Y pude imaginarla sonriendo.

—Veo que también se lo han contado. Es un problema de lógica, ahora algo olvidado, pero clásico. Ahora interesa menos la lógica al mundo, digo. O tal vez sea mejor decir que estamos menos interesados en razonar.

—Helen, solo una pregunta más. ¿Su padre formó parte alguna vez de un grupo religioso? ¿Sería capaz de hacerlo?

—Jamás. Él no era parte de eso. Se lo he dicho. Ellos lo mataron porque se acercó a sus escrituras e iba a difundirlas. Solo por eso era su enemigo, no porque en esencia cuestionara lo que hacen. Ni siquiera creía que la fuerza sobrehumana podía acompañarte... Tú si lo crees. Has visto a los ojos de la oscuridad, pero ellos te temen. Tu padre te teme. Lo he visto...

Sentí un escalofrío.

—¿Has visto a mi padre?

—Sí. Ahora estás dentro de un coche y él está allí contigo.

9

La comunicación se cortó.

—Alexis, ¿estás bien? —me preguntó Anne.

—Sí. Estoy bien —respondí.

—¿Qué es todo eso del prisionero? —me preguntó.

—Es un viejo acertijo de lógica. Un prisionero tiene la posibilidad de cruzar dos puertas: una de ellas conduce a la libertad y la otra a la muerte segura. Hay dos guardias resguardando cada una. Él solo cuenta con la posibilidad de hacer una sola pregunta a uno de los dos para decidir cuál puerta cruzar. También sabe que uno de ellos siempre miente y que el otro siempre dice la verdad, pero no sabe cuál es cuál. ¿Qué le preguntaría y a quién? —expliqué.

—Madre mía..., el profesor Pool les hizo esa pregunta a Candice y a Eileen para probarlas. ¿A cambio de qué? ¿Cuál sería la recompensa por responder de manera acertada? —preguntó Anne.

—Implicarla en la búsqueda de los documentos de los Ascendere. Intuyo que por alguna razón Candice se interesó en ese tema. La chica era muy despierta, con intereses diversos. En su casa descubrimos un libro de Pool de los primeros que debió publicar. Hay personas cuyo coeficiente intelectual es elevado que persiguen saber cosas de diferentes disciplinas, y si bien la chica estudiaba Informática, lo cual supone una inteligencia lógica elevada, también me temo que se veía interesada en la historia, en las creencias.

—Hubiese sido mejor que no se interesara en ello —comentó Anne—. Y la otra, Eileen, también se interesó, y eso lo sabemos por las palabras de la propia agente Dermody. Está bien. Pool las probó mediante ese acertijo, y quien lo resolviera de inmediato, esa sería la elegida para ser su... cómplice en las pesquisas. Lo capto. Vaya trastada.

—Es un acto de crueldad, aunque no sea un asesinato, claro está. Ni siquiera un crimen. Estos actos mínimos de crueldad no se castigan, y se cometen cada día.

—¿Dices crueldad porque las dos querían formar parte y solo una iba a lograrlo?

—No. Digo crueldad porque él sabía quién lo lograría, la que tenía mayor inteligencia lógica o razón matemática. Lo sabía por lo que estudiaba, de antes. En cambio, Eileen Dixon era veterinaria. Eso ya le decía algo. Además, creo que él debía conocerlas a ambas desde antes, de seguro se le habían acercado en sus charlas o conferencias y había notado que podrían serles útiles para sus pesquisas, por el interés en sus ideas. No así su hija, que gracias a sus capacidades, sean paranormales o no, y creo que sí lo son, era impermeable a la influencia que su padre necesitaba ejercer en las personas. Era un hombre que necesitaba admiración como patrón de relación.

—Además, como bien dijo la chica de la cafetería, Eileen es como su hermana, inmadura. La mujer no aguantó perder la posibilidad de integrar equipo con Pool y salió de allí como alma que llevara el diablo.

—Sí. Pero gracias a eso, ahora no está muerta. Una de las cosas importantes aquí es que Martín Pool era un sujeto egoísta que podía hacer daño a su paso, y eso puede ser parte de los criterios para escogerlo como víctima —concluí.

10

Anne iba a decir algo, pero en ese momento sonó su móvil.

Lo tomé y puse la llamada en altavoz.

—Hay una alarma de bomba en el Instituto Escolar Armstrong. Está cerca del Salón Mattison. No sé si tendrá relación con el caso que investigan, pero es posible —dijo la jefa Tonny con la voz afectada.

Recordé lo que me dijo Sebastian sobre que algunos en el Buró querían clasificar a la secta como terrorismo con motivos religiosos, pero hasta ahora no habían cometido ningún acto de esta naturaleza.

—Vamos para allá —dijo Anne y cortó.

Luego, con determinación, tecleó Instituto Armstrong en el GPS e hizo un giro brusco con el coche.

—Doce minutos para llegar. ¡Niños! ¡Niños, por Dios! —exclamó con furia.

No queríamos pensar en que nada malo ocurriera. Supe en ese momento que eso nos destrozaría a las dos y nos constaría un montón recuperarnos.

La destreza de Anne en momentos como ese se elevaba. Condujo de una forma temeraria, pero sin consecuencias. Me agarré con fuerza del apoyabrazos porque en una maniobra casi rozamos un coche que se desplazaba de frente.

En ese momento, sentí que el péndulo que colgaba en mi cuello me quemaba y a mi cabeza llegaron unos razonamientos que no eran míos. Era como si otra persona estuviera pensando por mí en ese momento.

«Una crueldad desconocida mueve mis actos. Pretendo infligir la mayor infelicidad posible. Padezco la misma enfermedad que padecía mi padre».

«Eva, me llamaba Eva, y transitaba ese mismo camino, aunque más despacio, y esa mañana iba a prender fuego al salón de música. Sentía un odio profundo por todas las personas, y comprendía que esa era mi naturaleza. Era el don de mi familia, de mis antepasados».

«Sentí una gran emoción, un sentido renovado cuando logré encontrar el libro de Hanot entre los muros. Entendí que algunas veces se necesita romper de raíz con valores obsoletos y ampliar la mente para cambiar. Hay que tener la valentía de explorar territorios inexplorados, como lo hizo él en el *domus*».

—¿Qué te pasa, Alexis? —escuché a Anne preguntar como si estuviera a kilómetros de distancia de mí.

11

—Nada, Anne. Luego te lo cuento. Ahora vamos a concentrarnos en la situación —le respondí.

Continuó avanzando como loca, porque a ella también le interesaba llegar lo antes posible a donde estaban los niños.

En seis minutos estuvimos frente a una instalación pequeña ubicada al pie de la carretera. Estaba rodeada de coches policiales.

Nos detuvimos donde pudimos y salimos del vehículo corriendo.

Dos guardias nos detuvieron y mostramos nuestras identificaciones. Uno de ellos dudó e iba a comentar algo, pero el otro levantó la mano en señal de aprobación. Nos permitieron continuar hacia lo que creímos el centro de la toma de decisiones.

Se trataba de un grupo de personas reunidas en torno a una mesa plegable, resguardadas por agentes armados. Cuatro hombres de fuerzas especiales, dos de traje y tres personas que ya conocíamos: los integrantes de la DEEM.

—¿Cómo podemos contribuir? —preguntó Anne cuando nos unimos a ellos. Noté que su frente estaba perlada de sudor.

—No podemos hacer mucho, aunque queramos —respondió Judy Holden. Pero esta vez presentí en ella una gran emoción.

Uno de los hombres de uniforme explicó la situación:

—Han llamado de forma anónima. Han dicho que han encerrado en el salón de música del instituto a doce niños y niñas, y que han instalado un dispositivo que explotará si alguien se acerca al edificio.

—¿Por qué solo hay doce chicos allí adentro? ¿Dónde están los maestros, los demás? —preguntó Clark.

—Porque antes sonaron las alarmas de incendio y el personal de la institución procedió de acuerdo con el protocolo y evacuó la instalación. Estos niños no pudieron salir porque habían sido encerrados.

—Y creen que el autor nos está viendo, y si intentan ingresar, detonará el explosivo —dijo Bruce.

El hombre uniformado asintió.

Todos miramos con espanto hacia el edificio.

12

—¿Han analizado la voz de la llamada anónima? —pregunté.

—Sí. Y dada la similitud en número y características de la población en secuestro, la comparamos con la voz de la llamada anónima que informó sobre el cadáver del profesor Martín Pool en el Salón Mattison. Los eventos de 1924 donde murieron en el incendio doce niños nos llevó a ejecutar esa acción. Resulta que la hizo la misma persona.

—¡Maldito! —exclamó Anne.

Judy Holden la miró con los ojos llenos de lágrimas, las que intentaba disimular.

—Debe haber algo que podamos hacer —dijo Bruce.

—Por ahora nada. Esperar —respondió el hombre uniformado.

—Hay algo que no cuadra. Esto es totalmente diferente a lo sucedido en el Salón Mattison —dije.

—No podemos quedarnos aquí sin hacer nada. ¿No existe un medio de ingreso a la instalación que no pueda verse, algún sótano? —preguntó Anne.

En ese momento anunciaron movimiento en el interior del edificio. Uno de los hombres que utilizaba un dispositivo de mira lo hizo.

Todos nos pusimos alertas.

La puerta del instituto se abrió y de ella salió un niño.

—Hola... —dijo—. ¿Dónde están todos? Quisimos salir del salón, pero la puerta estaba cerrada.

Detrás de él venía una niña y unos cuantos niños más.

Dos de los oficiales armados les pidieron que corrieran lo más lejos que pudieran del edificio y los chicos lo hicieron.

Todos estaban a salvo.

En el grupo oí exclamaciones.

—Ha sido un ardid. Nunca estuvieron en peligro. Están jugando con nosotros —sentenció Clark Parker.

13

AL ANOCHECER de ese día Clark Parker, Judy Holden, Bruce Chapman, Anne, Lilian y yo nos reunimos en las oficinas del Departamento de Policía de la ciudad de Delia. Cité a Eileen Dixon para la mañana del día siguiente.

Ya para ese momento, aquella noche, sabíamos que lo del Instituto Armstrong había sido una falsa alarma. Los niños nunca estuvieron en peligro. Cada uno de los doce, en sus casilleros, encontraron una nota que los invitaba a dirigirse al salón de música porque ahí los esperaba una sorpresa. Los chicos fueron y, una vez allí, no pudieron salir. El autor del hecho cerró por fuera. Dentro del salón de música había una caja con combinación cerrada y un juego, un acertijo al modo de un *escape room*, que contenía una llave para abrir la puerta. Durante todo el tiempo que las fuerzas de seguridad y nosotros estuvimos afuera, temiendo lo peor, los chicos estuvieron jugando e intentando abrir la caja fuerte. Cuando lo lograron, salieron por sus propios medios.

En las cámaras de vigilancia de la institución solo pudo

verse parcialmente a alguien que vestía de negro, con abrigo, capucha y guantes. Imposible llegar a una identificación.

—Quisiéramos escucharlos a todos. Sabemos que no tenemos pistas, pero cada uno de ustedes debe haberse hecho una idea de lo que aquí está pasando y de cómo podemos avanzar en este caso —dijo Anne.

Ella presidía la reunión.

—Tomaré yo la palabra primero porque mi participación es la más acotada, y además, tengo que volver al instituto forense para continuar haciendo pruebas. Hay algo que me ronda la cabeza... En fin, a lo que importa. Candice Shea fue asesinada de idéntica forma que lo fue Martín Pool. Inmovilizados primero con una inyección de una sustancia llamada etorfina. En una mínima cantidad, eso sí, porque podría haber ocasionado en sí misma la muerte. Se utiliza para inmovilizar elefantes. A ambos se les administró con una jeringuilla en el brazo derecho. Luego fueron asfixiados. La mutilación o cercenamiento parcial de la parte superior anterior y posterior de la cabeza fue realizada *post mortem* con un instrumento que ha llamado mi atención —dijo Lilian Peterson, quien se había unido a la investigación.

Todos la miramos expectantes.

—Creo que se trata de un instrumento que ya se encuentra en desuso, pero que se empleó en siglos pasados en las mesas de cirugía y de estudios de anatomía patológica.

—¿Hace cuánto tiempo? —pregunté.

—¿Siglo XIV, XV o XVI? —preguntó Clark.

—No soy experta, y es lo que estoy consultando. No quiero adelantar nada, pero he visto algo que me lleva a pensar que hablamos de un instrumento de mucho más atrás en la historia. Hablo de los instrumentos empleados en el Templo de Esculapio...

—Antes de Cristo —murmuró Clark.

—Las víctimas al menos no sufrieron las heridas en vida. Con esto me retiro, si no hay nada más. Quiero consultar algo sobre las piedras de las escenas, además del instrumento... —dijo Lilian.

14

LA ATMÓSFERA se había llenado de inquietud. Un instrumento tan antiguo empleado en las escenas no dejaba lugar a dudas sobre la naturaleza simbólica de las mismas, además de las piedras y los dibujos en torno a los cuerpos.

—Para continuar las complejidades, les digo que he realizado varias pruebas con la fisonomía de los Mattison que han sido fotografiados y retratados a lo largo de la historia, y no me caben dudas. El parecido entre ellos no es producto de la casualidad. Esta gente ha buscado voluntariamente mantener su fisonomía, y lo ha logrado en buena medida. He hallado un daguerrotipo que muestra a una mujer idéntica a Myrna Mattison. Nunca había visto nada igual —manifestó Judy Holden.

—¿Sabe que Martín Pool escribió un libro llamado *Fisonomía, química y religión?* —pregunté.

—No lo sabía —respondió ella.

—Yo sí. Lo he leído. Es bastante deficiente a mi juicio. Pero lo escribió hace más de veinte años, debió haber mejorado en la escritura. En síntesis, se fundamenta en la idea de que en la antigüedad las creencias religiosas no eran realmente ideas, sino cosas materiales. Características de los cuerpos. Así, cuando invadía un olor a azufre, eso se relacionaba con un espíritu maligno, uno que podía quitar los alimentos o el agua. De allí la importancia de la química. Y luego, respecto a la fisonomía, esta tuvo que ver con cuando en un nivel superior los hombres comenzaron a relacionar la magia con personas en concreto —explicó Clark.

—La religión surge de lo cotidiano, y en ello se da un lugar a la magia —determinó Bruce.

—Pues si eso es así, podríamos decir que los Mattison consideran que su fisonomía, y también su química, pues esta última es la explicación de todo en los seres vivos, es un elemento irrenunciable. Eso no los convierte en asesinos. También he construido una relación entre los crímenes registrados en diferentes épocas con la presencia de los Mattison y no he hallado nada concluyente. Y por último, una exploración de la fisonomía de los criminales más crueles y el parecido a los Mattison, y nada.

—¿Por qué de los criminales más crueles? —Quise saber.

—Porque haber hecho un juego de lo sucedido en el Salón Mattison hoy es de considerar. Es una ausencia completa de empatía, una sociopatía clásica y pura. Busqué esta relación no porque crea que la maldad se hereda o que venga en la sangre, sino porque es aprendida, y las familias y las religiones pueden ser el caldo de cultivo perfecto para aprenderlas. Sin embargo, los Mattison están limpios de un pasado criminal. Solo podría mencionar algunos eventos que, en todo caso, se consideraban normales a principios del siglo pasado, y un poco antes, con los marineros que traían el asfalto de Sudamérica. Riñas naturales. Y también algunas demandas de trabajadores del asbesto. Nada más.

15

—He hablado con Leonard Blake. No he notado nada extraño. Pero en el caso de Mallín, he percibido resentimiento. Mucho. Creo que es un chico que ha sufrido, y que no necesariamente ha sabido encajar los golpes que le ha dado la vida. Johana Fischer es otra cosa. En ella hay un desvío en su vida. Es como si algo terrible le hubiese sucedido en Nueva York, pero es un muro infranqueable. No pude comprenderla.

—Nosotras también hemos pedido a Rossy García, la agente que maneja la investigación virtual en los casos que trabajamos, que averiguara lo sucedido a Johana en Nueva York, pero hasta ahora no ha encontrado nada raro —aclaró Anne.

—Igual nosotros. Hemos hecho lo propio con nuestro canal en la oficina principal del FBI en Nueva York, pero nada de nada —informó Bruce.

—¿No hay ninguna posibilidad de que alguno de ellos hubiese matado a Candice? Quiero decir, ¿la vigilancia es de fiar totalmente? —insistió Anne.

—Por completo —respondió Judy.

—¿Y la relación entre Johana Fischer y Myrna Mattison cómo la ves? —preguntó Anne a Bruce.

—Me habló de eso. Me dijo que la había conocido de casualidad a la salida de un hotel, pero no le creo.

Me llamó la atención lo que Bruce acababa de decir.

—No le creo, porque cuando alguien dice que conoce a alguien, casi nunca plantea el detalle sobre lo «casual» que fue ese encuentro. Y las dos veces que me ha hablado de ello, lo ha descrito prácticamente con las mismas palabras. En mi experiencia, cuando la gente hace eso...

—Está mintiendo —completé.

Además, recordé que a Anne y a mí Johana Fischer también nos dijo eso, con casi idénticas palabras.

—¿Entonces creen que ella buscó conocer a Myrna Mattison adrede? —Quiso saber Judy. Me miraba a mí.

—Yo creo que sí. No sería descabellado. Quería salir de Nueva York, y tal vez sea muy hábil a la hora de evaluar las oportunidades de escape. Pudo saber quién era Myrna Mattison y el poder que tiene. Un buen escape de Nueva York es venir a Kansas —sugerí.

—¿Ella no dijo que Mattison había tenido un problema con el coche? —recordó Anne.

—Así es. A nosotros también nos dijo eso. Pero creo que Johana Fischer es capaz de dañar un vehículo para luego acudir en auxilio. Dejó que los hámsteres se comieran entre ellos solo para comprobar una teoría. Eso lo percibí cuando la toqué —reconoció Clark ante la mirada atónita de todos, menos la mía.

Yo también había percibido lo mismo.

16

LES CONTAMOS lo que habíamos descubierto de Candice.

Bruce y Clark se quedaron pensativos.

—De todas formas, el problema del prisionero tiene un defecto. Si el mentiroso se imagina la razón por la cual el prisionero está haciéndole la pregunta, se cae el razonamiento. Diría la verdad para que el prisionero creyera que es una mentira. Es decir, la solución no contempla la voluntad de los guardias y la inteligencia. Incluso el que siempre dice la verdad podría querer que el prisionero muriera para no tener que vigilarlo y restarse trabajo.

—Pero el problema parte de la idea de que uno no puede dejar de decir la verdad y el otro no puede dejar de mentir, aunque quisieran —contradije.

Clark hizo silencio. Entendió mi punto.

—Pero la gente puede cambiar —manifestó Bruce.

—Y Candice cambió, sin duda. De repente se interesó por algo más allá de sus propias narices. Se interesó por el maltrato animal. Ustedes lo han dicho. Algo la hizo cambiar…

—El maltrato animal. He escuchado en la madrugada algo en relación con unos perros desaparecidos en California. No sé si tiene o no que ver con lo sucedido al caballo de Clement Traverse en el castillo imitación del Medioevo en el mismo valle.

—¿Hablas Molly, Leo y Chispa? —preguntó Judy.

Asentí. Clark buscó algo en su móvil.

—Ya los han encontrado, sin sesos. Es una cosa que quería decir... —anunció Clark.

De nuevo la atmósfera de turbación nos invadió, y sentí vértigo. Todo daba vueltas en torno a mí.

Lo último que recuerdo fue que caí, y al hacerlo, de nuevo aparecieron en mi cabeza las voces:

«Ascendere», «Ascendere».

La voz que sobresalía era la de mi padre.

17

Anocheció.

No hubo ningún avance. Estábamos en un punto muerto.

Aunque algo se terminó posponiendo por lo sucedido en la escuela Armstrong, lo de hablar con Eileen, la pareja de Orla Dermody. Anne, apenas cenó, se fue a dormir. Estaba afectada. Lo sucedido con los niños la había dejado aún más cansada. Así que decidí yo sola visitar a Eileen Dixon. Tenía la dirección donde ella y Orla vivían. Me dirigí allí. Era claro para mí que ella había sido objeto de las pruebas de Pool, y eso habría podido engendrar un gran deseo de venganza en contra de él. Además sabía mucho sobre los Ascendere. Fue en ese momento en que se me ocurrió una idea que antes no me había pasado por la cabeza

«¿Y si Orla Dermody y Eileen Dixon son cómplices...?».

Me di cuenta de que era imposible que nadie sospechara de Orla. Tan observadora y tan dedicada a su trabajo, parecía confiable, pero la oscuridad podía atrapar a cualquiera. Yo misma había tenido unos pensamientos extraños sobre formar parte de ella en el bar, cuando ocurrió el accidente en la calle. Porque la oscuridad daba poder, y pocas personas en el mundo podían resistirse al poder.

Intenté poner la cabeza fría. No mostrar mis dudas a Orla ni a Eileen, aunque debía estar muy alerta.

Llegué a la dirección. Me sorprendió la casa donde vivían. Esperaba algo más discreto. Comprendí que una de las dos debía pertenecer a una familia de mucho dinero. Se trataba de una especie de palacete cercano a la vía de Zeandale.

Era una casa lúgubre, además de ostentosa. Me detuve ante la puerta.

Escuché el canto de una lechuza o de un búho, no sé bien la diferencia. Se trataba de un ave nocturna que parecía alejarse. La imaginé volando entre dos de los pinos que rodeaban la instalación.

¿Quién había hablado de una lechuza antes?

No lo recordaba.

Sentí un escalofrío y busqué el péndulo. Lo tenía conmigo; lo toqué. No sé por qué hice eso. Busqué un timbre en alguna parte, pero no lo encontré.

Entonces la vi, y la sangre se me congeló.

18

Era la misma campana, idéntica a la que pendía del Salón Mattison.

Dos edificaciones y un mismo símbolo en sus puertas. Eso significaba que los Mattison y quienes vivían o vivieron en esa casa estaban conectados de alguna forma. O que las edificaciones debían estar marcadas, así como los cristianos marcaban sus puertas con la figura de un pez. Tal vez aquella campana era la señal para quienes formaban parte de la secta. Eso me dije, pero el objetivo de estar allí era descubrir cosas y no conjeturar.

Cuando iba a tocar a la puerta, me di cuenta de que estaba abierta. Empujé. Quité el seguro a la Glock. Temía que algo malo hubiera pasado allí adentro.

La estancia estaba oscura y silenciosa. Me hallaba en un recibidor de grandes proporciones. Recuerdo que una de las primeras cosas que vi fue una pintura; varios objetos brillantes y dorados, y luego aquel cuadro de una mujer que parecía mirarme, reconocerme, como si descubriera mis debilidades. Era una mujer joven con los labios pintados de rojo.

«¿Qué diablos te pasa, Alexis?», me pregunté.

Notaba que mi imaginación se había tornado fantástica, como si aquel lugar fuera el culpable de mis delirios. Entonces recordé que al principio del caso alguien había dicho que los lugares, las escenas, parecían ser tan importantes como las víctimas. El hecho de que el caballo de los Traverse se hubiese hallado en una edificación en el Valle de Napa, que era un castillo…, y el zorro en el Bannerman Castle…

«He sido una idiota», me dije.

Además me di cuenta de que aquel también era un lugar especial en ese sentido, olía a pasado, a época antigua.

Me convencí de que Orla y Eileen eran las asesinas, que pertenecían a la oscuridad. Era como si esa mujer del cuadro, la de cabello negro y tez pálida, y ojos negros e incisivos, me lo estuviera revelando.

Y yo había ido allí sola, como al final siempre supe que estaría al enfrentar a la oscuridad, como estuvo mi madre ante mi padre y como estuvo Martín Pool ante su asesino, confiado, emocionado.

Supe que se había acabado mi tiempo y que acababa de entrar al templo de la oscuridad.

19

ATRAVESÉ una breve bóveda con pilares inclinados, acanalados. Tuve la certeza de que allí me estaban esperando. Entonces el recuerdo de Orla Dermody volvió a mí, la recordé caminando decidida, moviendo la cabeza y su cabello danzante, delante de nosotras. Era negro, negrísimo, como el de la mujer del cuadro.

—¿Orla Dermody? ¿Hay alguien? La puerta estaba abierta… —exclamé.

No escuché ninguna respuesta.

Sentí como un corrientazo en el vientre. Me detuve en una habitación de techo alto y columnas. Me hizo recordar la imagen de los templos griegos. Había objetos gigantescos: un políptico enorme con imágenes bizantinas, una figura de bronce de un cuerpo humano de una altura descomunal casi rayando la bóveda.

—¿Hay alguien? —insistí.

En medio de la escasa claridad que había, pude ver una silueta, la de alguien que se hallaba sentado en una silla, junto a una mesa donde destacaba una lámpara de pantalla verde. Además escuchaba unas voces. Parecían provenir de una sala cercana: era un programa de televisión. Hablaban de un asesino en serie. De alguien llamado Amber Craig, quien había sido asesinada hacía cuatro años y otra chica, Cintia McBride...

—Supongo, Alexis, que nunca has estado en un lugar como este. Es surrealista, ¿verdad? Algunas veces me quedo dormida aquí, y cuando despierto, vuelvo por uno o dos segundos a ser niña, con la convicción de que estoy dentro del Nautilus... Es por la cristalería y la azulejería de este lugar, toda azul y verde. Además, muchas de las casas de Delia tienen pasadizos secretos subterráneos. Como en un juego de Clue —dijo Orla como si no le extrañara verme allí.

Esperé.

—Supuse que tarde o temprano ibas a venir aquí. Algunas cosas son inevitables —afirmó.

Su voz era diferente, como si cargara una gran emoción, más bien, una tragedia a cuestas; pronunciaba las palabras lentamente pero con energía.

—Ella no ha tenido la culpa. Fue ese hombre, ese monstruo que metió horrendas ideas en su cabeza. Y desde allí todo cambió para... Ha sido esta casa la culpable. ¿Pueden las casas ser asesinas? Yo creo que sí.

—¿Quién no ha tenido la culpa, Orla? —Quise saber.

Para ese momento, me había detenido en el umbral del salón y aguardaba, alerta. Necesitaba comprender qué pasaba allí.

—Eileen no ha tenido la culpa. Ella mató a Martín Pool, pero no era dueña de sus actos. Esta casa, ellos lo hicieron, ella no pudo escapar. Sé que ella deseaba el amanecer...

20

—¿Por qué dices que Eileen mató a Martín Pool? —pregunté.

—Porque encontré sus ropas, encontré la prueba. Los vaqueros y la blusa ensangrentados, esa noche. Y luego, en la mañana, estaba como si nada hubiese pasado, hablándome del perro del vecino. Pero algo se había terminado de quebrar dentro de ella. Estaba obsesionada con Pool, con lo que descubría de las sectas paganas. Yo siempre supe que Eileen tenía un pensamiento mágico, que necesitaba creer en cosas diferentes para enfrentar el día a día, pero ese hombre hizo mella en su psiquis. Era tóxico. Era una mala persona...

—¿Eileen te ha confesado el crimen, Orla? —pregunté y avancé unos pasos. Me detuve frente a ella.

—Estoy segura de que nunca has estado en un lugar como este, tan brillante y surrealista, inundado de muebles asimétricos, relojes alargados, candelabros, cuadros, lámparas, muchas lámparas, como globos, y algunas como erizos, alfombras de ópalos, incrustaciones de metal. Todo era como si una gran ilustración cobrara vida. Eso pensé la primera vez que estuve aquí…

Sospeché algo muy malo.

—¿Dónde está Eileen? —Quise saber.

—Y no has visto el invernadero. Allí no hay nada vivo, todas las rosas han muerto, pero el cuarto de junto tiene un techo que se asemeja al costillar luminoso de una ballena con acero y cristales, y allí está la obra maestra. Se trata de un muro, una escultura que simula personas atrapadas, cubiertas por un sádico y asfixiante manto de yeso.

«La maldad asfixiante…, la secta de la maldad asfixiante», recordé las palabras de Bruce.

Entonces me di cuenta de que junto a Orla había un arma. Estaba puesta sobre la mesa.

—¿Dónde está Eileen? —grité y toqué el lomo de mi arma. No sabía si Orla haría un movimiento para tomar la suya.

Ella suspiró.

—¿Que qué pasó? —respondió en un tono sutil—. Eileen ha cometido un… un acto terrible. Está arrepentida. Ya está descansando. Ya no sufrirá más.

21

Orla Dermody mató de un disparo a Eileen Dixon, mientras dormía.

En el palacete Dixon se encontró parte de los sesos de Martín Pool y también el objeto con el que presuntamente se habían cercenado el cráneo de Pool y de Candice. Un instrumento quirúrgico empleado quizás en la península del Peloponeso, con una impresión muy particular: una serpiente. Estaban haciendo estudios de este objeto, pero ya se había comprobado que había en él restos del ADN de las dos víctimas.

Había sido hallado en la habitación de trabajo de Eileen Dixon.

Anne y yo nos encontrábamos desayunando en el hotel donde se hospedaban los miembros de la DEEM y también Wallace Lexus.

Habían pasado doce horas desde que visité la casa Dixon. Le dije a Anne que había muchas cosas que no comprendía del caso.

—¿Cosas como cuáles? Se hallaron las pruebas. Ha sido

todo una gran tragedia, Alexis. Me muero de pena por esa chica, por Orla. No pudo soportar el espanto de amar a una asesina. Yo, en parte, me identifico con ella. Una tiene sus creencias, amiga, y para algunas personas nos resulta imposible hacernos la vista gorda y ocultar la maldad bajo la alfombra. Si un hombre que yo amara hubiese hecho lo que hizo Eileen, creo que tal vez también lo hubiese matado. Uno no sabe de lo que es capaz de hacer para conseguir la paz. Claro que lo hubiese hecho de una forma puede que más inteligente, porque ahora la pobre chica está detenida y se ha arruinado la vida —sentenció Anne.

—Supongamos que Eileen se vio captada por las ideas sobre la secta que investigaba Pool. Y tal como me dijo Orla, ella siempre necesitó creer, necesitaba la novedad, la emoción de creer algo que le diera sentido, algo religioso. Y que se hizo creyente de ideas que la llevaron a pensar que era bueno pertenecer a una secta oculta.

—¿Lo que tú llamas la oscuridad? —interrumpió Anne.

—Sí. Una secta oculta y asesina, pero ella aún no lo sabía, o sí. No estoy segura. ¿Por qué matar a Pool? Porque su aproximación a los descubrimientos históricos de la secta no eran como creyente, sino como intelectual, como alguien que eventualmente sacaría a la luz pública lo que ellos eran y hacían. Además de la implicación de la familia Mattison en el incendio del Salón. Es decir, expondría la naturaleza asesina de la secta, porque tú y yo sabemos que lo del incendio no ha sido su único crimen. Sabemos que son asesinos.

—Pero no sabemos si estos son los mismos que mataron a tu novio, Alexis. Desconocemos si es el mismo grupo de tu padre, al que hemos estado persiguiendo y del cual hemos cazado a algunos de sus asesinos, o si se trata de otro grupo o subgrupo dentro de la misma secta —argumentó Anne.

No quise contarle que la hija de Pool me dijo que había percibido a mi padre, que lo había visto en el coche con nosotras, temiendo por mí. Y si lo hacía era porque se trataba de cosas que tenían que ver con la oscuridad lo que ocurría en el Salón Mattison.

—Es cierto, pero ahora eso no importa. Lo que me molesta y no logro entender es por qué los dejó solos. Eso no tiene sentido. ¿Por qué los dejó solos? —exclamé, creo que en voz muy alta, porque una mujer con un sombrero negro y una bufanda de lana que se hallaba en la mesa contigua se quedó mirándome con curiosidad.

—¿De qué diablos estás hablando? —preguntó Anne.

22

—Nos lo ha contado la chica de la cafetería, ¿no lo recuerdas? Eileen, molesta por algo que conversaban Pool, ella y Candice, se levantó y se fue. No tiene sentido. Si temía que Pool expusiera secretos de la secta, ¿por qué lo dejó solo con Candice?

—Sí. Entiendo tu punto. Si pertenecía a la secta o quería pertenecer, si era una conversa, por qué no vigilaría lo que Pool decía sobre ella... Ese comportamiento impulsivo no se corresponde...

—Con alguien que está cuidando a la secta. Más se corresponde con lo que habíamos creído al principio, que se interesaba por la información de Pool de la misma manera que él, por una especie de carácter científico, pero que también era una mujer de sangre caliente y posiblemente impulsiva, intensa. Además era veterinaria, amaba a los animales, todo el mundo lo dice, sus clientes, los vecinos. Incluso tomaba riesgos para curarlos. Fue mordida por un perro en una oportunidad. ¿Imaginas a alguien así cortándole la cabeza o perteneciendo a un grupo que corta cabezas de caballos y perros? —argumenté.

—Es extraño —convino Anne—. No sé, puede que la secta le lavara el cerebro, la vaciara de todos sus principios anteriores. Tú sabes, porque lo has estudiado como yo, que las conversiones criminales funcionan como una tabla rasa, como un borrón y cuenta nueva en la mente de las personas en favor de los líderes.

—¿Quién es el líder de todo esto? No podía ser Eileen, fue muy torpe dejar el arma y las pruebas en su casa. ¿No has pensado en eso? Tal cosa también me pone a pensar que…

—Que alguien la inculpó, alguien muy inteligente.

—Sí. Alguien que sabía que el vínculo de Eileen y Orla era favorable a sus planes. Orla Dermody está enamorada, obsesionada con Eileen, debimos descubrirlo cuando la conocimos, en tres segundos ya había hablado de su esposa. Eso suele pasar cuando el vínculo con esa persona mencionada es total, es intenso, cuando esa persona es central en tu vida y no puedes dejar de hablar de ella, de nombrarla, de informar al mundo lo especial que es el ser que amas. Esta persona pudo tener analizada a Orla desde antes y conocer a Eileen, y saber su interés por lo que Pool decía. Ella nos dijo, Orla, que solía ir al Salón Mattison con frecuencia. Debió darse cuenta de que era una mujer observadora, y si estaba obsesionada con Eileen, y además tenía formación policial, en investigación, sería fácil con sutileza comenzar a dejar sugerencias, sembrar ideas en Orla de que Eileen se estaba poniendo peligrosa.

—¿Dices que el verdadero asesino tejió toda la trama, usando las debilidades de Orla y las de Eileen para que las cosas terminaran pasando, tal como sucedieron, y así quedar libre de los crímenes?

—Sí, Anne. Eso digo. Además, de seguro se sabía vigilado después de la muerte de Pool, y puso en marcha su plan para culpar a Eileen. Previó que Orla la mataría, porque tal vez tiene habilidades superempáticas y comprensivas mucho más grandes que las mías. Es una persona de la que nadie sospecharía...

—Los sospechosos estaban vigilados cuando mataron a Candice. Muy a pesar de eso, porque sabes que mi sospechosa favorita es Myrna Mattison —recordó Anne.

—Y lo sabemos porque la DEEM lo dijo. Solo por eso. Y estamos hablando, Anne, de que aquí podemos estar enfrentando a un grupo de asesinos —sentencié.

En ese momento apareció en el comedor Bruce Chapman.

23

—¡Buen día! Espero que se encuentren bien y que hayan podido descansar —exclamó y se detuvo junto a nuestra mesa.

Sus últimas palabras parecieron estar destinadas a mí. Supe que percibió que yo no había dormido nada.

—¿Molesto si las acompaño? Me gustaría conversar un par de cosas con ustedes —manifestó.

Anne se apresuró a responderle que se sentara a la mesa. Él lo hizo y pidió un café solo y una tostada.

Anne había pedido lo mismo, y yo no tenía hambre. Sin embargo, obligándome, ordené una ensalada de frutas que ya había comido mientras conversaba con Anne. Me pareció que algo entre las frutas había desprendido un sabor amargo.

—He estado en el interrogatorio de Orla Dermody. Es una pena lo que ha pasado. Ha dicho algo inesperado. Cuando encontró el cuerpo de Martín Pool, sospechó de su esposa, y entonces, confusa y obcecada por la culpabilidad de Eileen, no volvió a pensar en algo que vio esa noche.

—¿Qué vio? —preguntamos Anne y yo al mismo tiempo.

—A Johana Fischer salir del Salón de Ciencias Militares. Se trata de un lugar que está en remodelación y…

—En ningún momento de su declaración Fischer reconoció haber estado tan cerca de la escena del crimen. Al contrario, dijo que solo había estado en el bosque alimentando a los animales —completó Anne.

—Así es. Y no sé si sea relevante. Quería informarlo para saber qué piensan ustedes de esta mentira. En mi experiencia, las mentiras siempre tienen una razón y muchas veces son reveladoras de algo importante —completó Bruce.

—Sí. Pienso lo mismo. Supongo que su experiencia es de cuando pertenecía a la Iglesia, como sacerdote. Yo tengo un buen amigo, es mi mejor amigo en realidad, sacerdote, en Wichita —contó Anne.

En ese momento llegaron las tostadas y el café.

—¿Cuál era la otra cosa que quería decirnos? —interrogué.

—Era sobre el objeto hallado. Me ha hecho pensar en la simbología. Aunque quien tiene más respuestas sobre esto es Parker, y me extraña mucho que no haya bajado aún a desayunar. Le digo que mantiene todo el tiempo un hambre de león. En fin, he pensado que las serpientes siempre han estado cargadas de simbología en la historia de la humanidad, pero para los griegos, en los inicios de la medicina, significaba la sabiduría porque era un ser que vivía tanto sobre la tierra como en su interior.

—Llegaba a las profundidades que nadie llegaba y luego salía a la superficie terrestre. Conocía lo secretos de la tierra, de los minerales, del agua. Sabía más que los otros seres, y por eso debía ser el signo de los médicos, de los descendientes de Asclepio —dije lentamente. No supe por qué esa idea surgió en mi cerebro, pero allí estaba.

Anne y Bruce me miraron atónitos.

—¡Vaya! No sabía que era tan conocedora de la historia antigua —dijo Bruce, pero noté en él un gesto de preocupación.

—¿Qué le pasa? —Quise saber.

—Me ha parecido… No es nada.

—¿Qué le ha parecido?

—Que no era usted quien hablaba, Alexis. La entonación y la elección de las palabras… era como si…

—¿Cómo si…? —interrogué levantando un poco más la voz sin darme cuenta.

—Como si Clark Parker fuese quien hablara y no usted.

En ese momento llegaron Judy Holden y Wallace Lexus.

Noté que al vernos, ella dijo algo a Wallace al oído y luego continuaron en dirección a nuestra mesa.

—Buen día. Ha surgido una nueva información que compromete a Johana Fischer en un acto delictivo que tal vez no tenga que ver con lo sucedido aquí, pero que habría que considerar —dijo Wallace Lexus.

Al mismo tiempo, al móvil de Anne y al mío llegaron sendos mensajes.

Lo miré. Rossy nos enviaba una información.

«Ya sé por qué Johana Fischer quiso salir de Nueva York de esa manera. La farmacéutica en donde trabajaba tuvo un problema con un producto hematológico, con un lote que no cumplía los requisitos, uno que contenía plasma humano. La culpable de la distribución del lote fue Johana Fischer, pero lo ocultaron bien. De hecho, pagó las culpas otro empleado, un gerente de cuadro medio en la empresa. No creo que esto tenga que ver con los horribles asesinatos que están investigando, pero uno nunca sabe».

—Johana Fischer fue la responsable de un delito médico. Alguien se culpó, pero ahora ha cambiado su declaración. Este hombre ha sido diagnosticado con una enfermedad terminal y en presidio ha dicho otras cosas, diferentes a las dichas en el juicio.

—¿Está preso por lo que dijo que hizo? —Quiso saber Anne.

—Porque el lote para hemofílicos estaba contaminado y una niña murió por ello —dijo Judy Holden.

La miré. Lo hizo con resentimiento.

En ese momento supe que Judy había perdido a alguien muy querido, tal vez un hijo o una hija. La única vez que me pareció verla olvidar su escudo de frialdad fue cuando pensábamos que los niños en el Instituto Armstrong estaban en peligro. Además, ella había hablado de la primera entrevista que Parker le hizo a Alma Manning, pero entendí que ella no estuvo presente. Si era quien tenía la experiencia en el FBI, era extraño que Parker fuese solo a entrevistar a la asesina de sus hijas.

Entonces lo entendí. Fue como si pudiera verlo: a Parker entrar en una comisaría y a Judy aguardar afuera porque no podía encarar a la asesina de sus hijas. Porque ella misma había perdido a un hijo. Tuve la certeza.

—También nos acaban de dar esa información —reconoció Anne.

—No ha sido ella. Sí es la culpable del delito médico, pero no de los asesinatos del Salón Mattison —exclamó Bruce.

—¿Es que la asesina no es Eileen Dixon? —preguntó Anne.

—Ninguno de nosotros cree eso —reconoció Judy Holden.

LUEGO DE ESE desayuno tomamos varias decisiones: no irnos de allí, en primer lugar. Entrevistar a Orla Dermody de nuevo. Por supuesto, hablar con Johana Fischer no sobre las acusaciones que ahora su excompañero de trabajo arrojaba sobre ella, sino sobre su presencia al interior del Salón Mattison la noche del asesinato de Pool.

Nos quedaríamos todos en el hotel donde estábamos en ese momento, al menos dos días más, buscando hallar algo de dónde tirar.

Le dije en privado a Anne que debíamos acercarnos más a los miembros de la División. No confiábamos del todo en ellos, pero justamente por eso, debíamos tener más relación para descartar posibles complicidades con la oscuridad. Estuve tentada a contarle a Anne la propuesta que me había hecho Sebastian de dirigir algo más grande para enfrentar a la oscuridad, pero lo dejé para después. Todas nuestras energías debían centrarse en resolver el caso.

Propusimos que Anne y Bruce fueran a hablar con Orla

Dermody y que Judy Holden me acompañara a visitar a Johana Fischer. Fijamos ambas citas a media mañana.

Le pedí a Anne expresamente que preguntara a Orla sobre la casa Dixon. Aquella campana, y en general ese lugar y la acusación que la propia Orla hacía de la casa, era algo de donde comenzar a interpretar las ideas que tenía ella sobre las razones por las que supuestamente su esposa se había convertido en asesina.

Quisimos ver a Fischer en su casa. Eso nos brindaba más información sobre su carácter, su personalidad. En algún momento del camino me dije que lo que había en contra de ella en cuanto a su pasado era poca cosa. Aquel hombre que la acusaba, el trabajador de la empresa, podría estar mintiendo de forma deliberada por alguna razón. Después de todo, una persona inocente podía desear cambiar de trabajo si en este había sucedido algo grave que terminó contaminado el ambiente, y la muerte de una niña producto de la negligencia de la farmacéutica era algo de consideración.

Pensando en eso subí al coche que conducía Judy Holden, camino a la casa de Fischer.

—Sabes que en la villa Dixon había una pintura de una mujer que parecía joven, de época, que me resultó inquietante. Algo en su rostro, que se veía joven y a la vez experimentado, como si fuese mentira la ingenuidad que mostraba. Como un disfraz. Me pregunto si con tu habilidad, y con el tiempo, has identificado las expresiones relacionadas con las mentiras. Quiero decir que si debido a tu memoria, que estimo será eidética, has podido identificar esa gestualidad de la mentira —dije al tiempo en que ajustaba el cinturón de seguridad.

—He avanzado un poco en eso, la verdad —me

respondió—. Pero en lo que más he avanzado es en darme cuenta cuando alguien hace consciente algo, cuando descubre algo. La forma como abre un tanto más los ojos y a la vez direcciona la mirada es muy particular. Y por ejemplo, ahora sé que has descubierto algo sobre mi pasado, por mi reacción. Mi desprecio a Johana Fischer me ha delatado —concluyó.

—A lo que creemos que hizo Johana Fischer, ahora acusada por quien resultó juzgado por el delito, Judy. No es lo mismo. Pero es verdad. Noté que eres muy sensible cuando los niños son víctimas —confesé.

—Perdí a Simón, mi hijo. No está muerto. Lo perdí porque no era capaz de cuidarlo. Era muy joven y yo misma estaba perdida. Era una madre negligente. Ahora tiene casi veinte años. Vivió con su padre y la pareja de este. Es un chico feliz —afirmó.

—Lo importante no es lo que fuimos, sino lo que somos —le dije—. Mi padre fue un asesino. Sé de lo que te hablo. Nada en el pasado puede alterarse y nada en el pasado nos define. Al menos, no del todo.

—Recordé tu cara, quiero decir, no tu cara, la de tu madre. Te pareces mucho a ella —manifestó—. Su rostro sonriente apareció en la noticia de prensa. Tenemos un archivo de millones de rostros…

—No debe ser fácil tener tu tipo de memoria. No sé cómo haces para desconectar —confesé.

—El mar. La belleza del mar. No importan los detalles, sino el conjunto. Mirando el mar desconecto. Mi madre decía que la forma como el mar hipnotiza es lo que nos une. Y muy pocas cosas más. A todos nos inunda su grandeza y nos asombra su belleza, y es la única de las bellezas que no tiene detalles. Las altas montañas también, cuando se cubren de nieve.

—¿Has llevado a Simón al mar? A tu velero. Creo que debes tener alguno.

—Sí lo tengo, y no lo he llevado.

—Aún. No lo has llevado aún. Puede que para él ya el pasado haya perdido su poder y desee conocerte ahora, que no eres ni negligente ni irresponsable.

Al decir eso, mi móvil cayó al piso del coche y me incliné a recogerlo; entonces, sin quererlo, rocé la alfombrilla junto a mis zapatos.

—Recuerda que la inhumana quietud es el miedo, no la muerte —dije en voz alta, aunque en tono apenas audible.

—Eso decía mi madre. Me lo repitió antes de morir. Decía que el miedo al rechazo de Simón me paralizaba delante de él y que eso para mí era peor que la muerte misma. Mi madre era poeta.

—Lo sé.

En mi cabeza apareció la imagen de una mujer firmando libros, como autora, en una pequeña librería una noche lluviosa.

—Buscaré sus poemas. A mí también me hacen falta. Siempre he tenido miedo de tener miedo, y creo que tu madre…

—Clara, se llamaba Clara Evans.

—Creo que Clara Evans podría ayudarme a mí también porque sabía el daño que puede hacer el miedo —afirmé.

Tanto daño, que hasta cuando las personas amaban a otras eran capaces de destruirlas.

«Era lo que Orla Dermody había hecho con Eileen

Dixon». Eso pensé, y me dije que para enfrentar a la oscuridad y vencerla debía también enfrentar todos mis miedos.

PARTE V

1

ERA la noche del viernes 16 de agosto de 1928.

La hermana Marge se movía inquieta en la cama.

Esto debe ser una prueba, se dijo a sí misma. Pensó que debía reponerse. De alguna parte la protección llegaba. Un consuelo se apoderaba de ella a ratos y le permitía dormir un poco. Luego se volvía a despertar sobresaltada; con la espalda sudada, el dolor intenso en el cuello, las manos dormidas. ¿Está lloviendo? Tembló. Se dijo que era solo lluvia, donde antes había estado el viento.

Se levantó y se subió con agilidad en el banco, se asomó por la diminuta ventana de la habitación. La costa había cambiado. Ahora era gris, como una de las perlas que habían traído en la embarcación. Opaca arriba y brillante abajo. Volvió al suelo y escuchó su rodilla derecha tronar. Corrió hasta la puerta; la abrió. Quería ver la fuerza de la lluvia. Quería ver lo que le hacía al convento el agua enfurecida. Los candiles agonizaban abajo, en el corredor. No deberían estar encendidos. Había alguien sentado en el muro de la fuente. ¿Por qué Paulie estará allí?

Ella sabía que la hermana Paulie subía a la torre por las noches. Había gente con gustos distintos, como con la necesidad de definir algo, de definirse. ¿Es Paulie? Tenía que saberlo. ¿Y si veía la cara verduzca de Lizzie, hinchada, irreconocible? No quería volverse a encontrar con aquella Lizzie mojada y demente.

Los muertos no aparecen, se repetía a sí misma. Eso le había dicho el padre Arthur. Pero ella sabía que no era cierto. Si no, ¿qué era aquello que había visto en la casa? Ella misma había escuchado a Lizzie quejarse, después de muerta. Escuchó su voz angustiada, allí en el cuarto. Parecía provenir del crucifijo. El crucifijo se había convertido en una máquina que le recordaba cosas. Aquella cara se proyectaba inesperadamente en la pared, como la del halcón herido; luego desaparecía y quedaba el siniestro abismo negro entre las piedras, demoliendo la poquita intimidad que ella tenía. ¿Por qué esa clarividencia, esa facultad de percibir espíritus? Pero ellas tenían que hacer lo que hicieron, se dijo. Aunque le hubiese gustado devolver el tiempo, impedir los hechos. Impedir que Lizzie hablara sobre los escritos del monje de Irlanda. Todavía retumbaban en su cabeza las tres palabras: «Lizzie se ahogó... Lizzie se ahogó», y esa sensación de peso sobre las sienes.

Se desplazó lo más rápido que pudo por el corredor, acompañada de la idea de la hermana muerta detrás de ella como un gato hambriento, reclamando comida. Era un fantasma menesteroso que se había pegado a su cuerpo. Lizzie que había sido tan imponente, tan decidida. Pero la soberbia nunca es buena. Pensar que Paulie estaba abajo, contaminada igual que Lizzie, imaginarla con esas marcas rojas, le produjo una punzada inesperada de llanto. Transformó todo lo que había pensado antes. Eso no debía terminar así.

Llegó hasta la puerta de la hermana Pamela. Ella sabría qué hacer. Era su salvación.

Tocó la madera con angustia.

—¡Levántate! ¡Paulie está en la fuente! Como si fuera Lizzie…!

La puerta al fin se abrió. Ya no estaba sola.

—No llores. Tienes que controlarte. ¿Qué es lo que pasa? —exclamó con brusquedad la ocupante del recinto. La hermana Marge era un manojo de nervios. Era preciso demostrarle autoridad.

—Vamos a bajar y le pediremos a Paulie que deje de hacer locuras —dijo la hermana Pamela, muy decidida, tal como Marge la necesitaba. Tomó un candil cercano que la esperaba suspendido, y emprendió la marcha.

—Va a enfermarse por culpa de esta lluvia tan fuerte —respondió Marge, llenándose de ternura. Quería mucho a Paulie.

Las dos mujeres bajaron las escaleras, intentando no hacer ruido. Pero la madera crujía. Una luciérnaga se detuvo en el muro, desorientada, parecía estar agonizando. La hermana Pamela se fijó en esa intermitencia. Luego la vio descender y desaparecer. Pudo haberla pisado con su sandalia cuando oyó el cric debajo. Pero ¿cuánto podía importar una luciérnaga?, se preguntó.

Caminaron los últimos tres pasos para poder ver la fuente. No había nadie. Solo las gotas de agua que caían brillantes, atravesando la opaca atmósfera.

Marge, cuando estaba acompañada por Pamela, dejaba de ver fantasmas y oír voces, y entonces tuvo que aceptar que allí ya no había nadie. Dijo una palabra en voz baja, dio la vuelta, y emprendió el camino de regreso hacia la escalera.

—¿A dónde vas? —preguntó Pamela, alarmada.

—A su cuarto. Voy a ver si está bien —respondió.

—Mañana le hablamos, Marge. Ahora no es prudente. Ellos podrían vernos. Vamos a complicar más las cosas. Además, ella no está aquí. Te lo imaginaste. No le digas nada de esto.

—Está bien —respondió la hermana Marge con los ojos desorbitados y la piel de gallina. Sabía lo que había visto. Eso no era cosa de Dios. A ella siempre le pareció que Lizzie escondía algo. Su influencia sobre Paulie estaba viva aún. Ni siquiera la llegada de la hermana Pamela había podido evitarla. ¿Dónde había estado la equivocación? Si todo había sido como un juego al principio. Solo buscar documentos antiguos de los que decían habían traído los colonos de Irlanda.

Volvió a su cuarto, no muy convencida. Se acostó. Medio dormida trajo a su mente a la Paulie recién llegada. Todas la quisieron porque llevaba adentro una parte de cada una de ellas, a pesar de que eso pareciera imposible. Era una muchacha instruida y sencilla. Su abuelo era trabajador y buena persona. La niña desde muy joven había querido ser religiosa. Paulie era sencillamente brillante.

Otra vez el crucifijo la asustaba. Ella no quería escuchar los lamentos de la hermana Lizzie, quien se había convertido en habitante del limbo. Ella sabía que no estaba en sus cabales, que fue víctima de un ataque sobrehumano. Y eso fue porque Lizzie creía que los demonios no eran peligrosos, cuando todas las demás sabían que sí lo eran. Los demonios encerrados en el libro traído por la secta a estas tierras. Ella los había leído, los había tocado. Allí estaban los textos apócrifos con los sellos y los dibujos dorados, como una invitación a seguir un camino seductor, el de la circularidad y la apropiación del mal como el centro de la naturaleza humana, rompiendo la idea de que era lo opuesto al bien, haciéndolo material. Todas ellas lo habían leído y por eso ahora estaban sucediendo cosas en el convento.

¿Era Paulie sentada en la fuente? A lo mejor ella lo había imaginado y en la mañana las cosas estarían tranquilas. Pero la había visto, con el hábito hacia un lado, como Lizzie. Y esa sonrisa siniestra. El brillo de los dientes y la imprecisa silueta de su cara. Estaba sin el velo y con el pelo suelto.

El pulso se le comenzó a acelerar otra vez. Debía intentar dormir. La hermana Pamela le había dicho que no se preocupara, que se las arreglarían, que los Dixon, los Mattison y los Blake velarían por ellas.

La hermana Marge dejó de pensar, pero la lluvia no dejaba de caer.

—Esa casa tenía algo malo. Siempre lo supe, pero no logré conectar las cosas de forma acertada, y ahora, ¡Eileen está muerta y yo también lo estoy!..., aunque me vean respirando.

—¿Por qué dice que la casa tenía algo malo? —preguntó Anne.

—La familia de Eileen tuvo mucho dinero alguna vez. Lo dilapidaron. Lo único que quedó fue la casa. Eileen está... estaba sola en esa casa. Ellos también murieron. Y después nos encontramos, en una cafetería. En Delia. La gente hablaba de ella. Decían que era un ángel para los animales y que nunca el apellido se le subió a la cabeza, pero yo la había conocido. Apenas había llegado a la ciudad. No soy de aquí. Fue amor a primera vista, algo que no sé explicar. Nos casamos. Pero luego comenzó a cambiar.

—¿Alguien te hizo ver ese cambio, Orla? —preguntó Bruce.

Era la misma pregunta que iba a hacer Anne en ese momento, pero él se adelantó.

—No… no lo sé. Yo vi… yo misma. Solo… sí hubo alguien que me dijo una cosa. Fue…

2

LLEGAMOS a la casa de Johana Fischer. Tenía una arquitectura moderna, puede que demasiado para el lugar.

Estaba ubicada en un montículo al final de la 110TH, apartada de otras casas.

Lo primero que vimos fue un perro negro con más apariencia de lobo. Se detuvo a mirarnos del otro lado de una reja gris que delimitaba la propiedad.

—¡Vaya! Es un calupo, o perro lobo mexicano. Una belleza, pero surge del cruce de un lobo y un perro. Eso sucedió en el México prehispánico y hasta el siglo XVI —dijo Judy.

Me pregunté cómo sabía tanto de perros.

—La arqueología zoológica identificó al primero en 1999. En las principales pirámides de México han encontrado restos de animales de esta especie, junto a tumbas. Se cree que tenían un alto valor espiritual.

—O los hombres allí enterrados amaban a sus perros —completé.

Por primera vez vi a Judy Holden sonreír. Parecía otra persona al hacerlo.

—Sí. Esa también puede ser una explicación — convino.

El animal nos miraba sin ladrar. Su pelaje era negro azabache, brillantísimo; sus ojos, color ámbar. Tenía un tamaño mediano y se veía muy fuerte. Sobre todo, alerta. Esperaba algo de nosotras.

Judy buscó un dispositivo para comunicar que estábamos allí. Lo encontró en el muro donde se fijaba la cerca. De repente escuchamos una voz.

—Entren en el coche. Ya les abro la reja —dijo Johana Fischer.

Me di cuenta de que había llegado otro animal de la misma especie. Se detuvo junto al primero, en idéntica posición, y comenzó a mirarme. Luego otro y otro más. Me pareció que uno de ellos comenzó a gemir como cuando los perros se emocionan porque conocen a alguien y desean manifestar cercanía.

—El lobo era asociado simbólicamente con la milicia, y como entidad de vida nocturna. Por supuesto, eran depredadores poderosos. Un animal muy social que trabaja en equipo —dijo Judy.

—Que trabaja en equipo y en la oscuridad —repetí.

Miré a Judy. Me pareció que sonreía.

3

SUBIMOS AL COCHE. La reja se abrió y los animales se fueron corriendo hacia un área boscosa junto a la edificación. El vehículo comenzó a andar. Luego volteé y vi la reja cerrarse. Aunque las ventanillas estaban cerradas, pude escuchar el sonido del choque de las llantas con el manto de grava que llenaba el sendero desde la entrada hasta la casa.

—¿Qué opinas de Johana Fischer? —me preguntó Judy.

—Creo que por alguna razón no deseaba que viniéramos a esta casa. La primera vez que le hablé nos citó en una oficina donde tiene la sede una empresa llamada Rival. Por otro lado, evidentemente nos ha mentido. No solo estuvo en el bosque, si es que estuvo allí. Y por supuesto, tampoco dijo todo sobre la razón para abandonar Nueva York —respondí.

—Pero de ella, ¿qué piensas de ella? Si te preguntara cómo es Johana Fischer, ¿qué dirías? ¿La crees capaz de pertenecer a una secta oculta como la que ha descrito Parker? ¿Y de ser una asesina o una cómplice, o líder? —me cuestionó.

—Podría ser. No noté nada que me llevara a pensar que mentía cuando hablé con ella, y eso me perturba. Solo la vi de pequeña, puedo percibir cosas del pasado de las personas algunas veces. Creo que tenía una relación increíblemente cercana son su padre. Y que posee lo que podríamos llamar curiosidad científica. Es capaz de hacer cualquier cosa por lograr sus objetivos —respondí.

Algo en la pregunta que acababa de hacerme Judy me había quedado dando vueltas en la cabeza, pero no lograba descubrir qué.

Llegamos a la entrada de la casa luego de transitar el camino de grava que avanzaba entre dos hileras de pinos de gran altura.

—Este lugar me recuerda algo. No sé qué. Es como...

—Como si fuera un paisaje de otro país, no de este, y menos en Kansas. Lo sé. Tengo la misma impresión —reconocí.

—Sí. Es eso. Exactamente lo que acabas de decir. La forma del sendero, las especie de coníferas, los cipreses, y... es..., ¡ya lo tengo! —exclamó.

4

—¿DE qué hablas? —pregunté.

—Un parque, una zona en un parque en Dublín. El parque intraurbano más grande de Europa. Eso es ahora, pero he visto fotografías de él de otra época. Era un área de caza, y además vi un video, tomado con uno de los primeros aparatos de filmación. Me refiero a cintas que podían ser reproducidas con un Pathé Baby o algo así. Y un área del entonces bosque y no parque era idéntica a esto. Estoy más que segura, Alexis.

—Y yo te creo. No había conocido a nadie con tu memoria, Judy.

Pensé que para ella debía ser muy estresante tener esa capacidad de fijar detalles, aunque para el FBI tal cosa debía ser en extremo valiosa.

—La pregunta es, ¿por qué Johana Fischer viviría en un lugar que intenta copiar un bosque de otra época en Dublín? ¿Esta casa es de su propiedad? ¿De su familia? —interrogué.

—Parker siempre ha tenido la idea de que los lugares,

en este caso, son tan importantes como las personas. Y como ha elaborado una teoría sobre las escrituras importantes para la secta que habrían sido descubiertas al mismo tiempo que el *Libro de Kells*, que crearon los monjes en Irlanda… —sugirió.

—Sí. He pensado en eso —reconocí.

Aquello significaba que era posible que Judy y yo nos enfrentáramos en ese momento a un miembro de la secta, en medio de aquel montículo y alejadas de todo.

Estacionó el coche frente a una fuente vacía que se hallaba en medio de una glorieta.

Nos bajamos. Mis zapatos pisaron la grava. El sonido de mis pasos me recordaba a algo de niña.

Me pregunté dónde estarían los animales, los perros. Escuché un aullido, y luego otro y otro.

Anduvimos hasta una pequeña escalinata que a ambos lados mostraba maceteros y arbustos de naranja.

Los materiales de construcción de la casa más visibles eran aluminio y vidrio. La fuente vacía desentonaba con el lugar, también la reja y el muro en donde se fijaba esta. Era como si de una edificación anterior hubiesen dejado solo eso y lo demás lo hubiesen demolido para levantar esta nueva construcción.

—En este lugar antes hubo un convento. Ahora ha venido a mi mente el recuerdo. ¿Ves este azulejo? Era el convento de las maltesas destinadas a Estados Unidos en 1927. Por algo que sucedió, solo estuvieron aquí hasta el año treinta y cinco de ese siglo.

Judy me mostró una incrustación de un azulejo en el dintel de la puerta donde podía verse una figura que parecía una gárgola.

Sentí la necesidad de tocarlo. Pero no alcanzaba su

altura. Judy reconoció mi deseo. Miró a los lados. Vio cerca de nosotras una piedra. Estaba junto al último de los escalones que conducía al rellano. Se dirigió allí y la tomó. La trasladó hasta mis pies y luego me miró.

Subí a ella y toqué el azulejo.

Entonces muchas imágenes me invadieron de repente, todas juntas, superpuestas. Varias mujeres con hábitos religiosos, con velos sobre sus cabezas, algunas reían de manera exagerada, una estaba muerta de miedo. Al mismo tiempo, en mi cabeza aparecieron las siguientes palabras:

«Algo malo le pasa a la hermana Lizzy».

«Paulie está en peligro, desde que descubrimos el libro de Hanot…».

Un lobo gris asustaba a la hermana Marge…

5

Estuve a punto de perder el equilibrio.

Judy me sostuvo y bajé de la piedra. En ese momento escuchamos ruidos dentro de la casa.

Movimos la piedra a un lado y aguardamos.

La puerta se abrió.

Allí estaba Johana Fischer. Su rostro reflejaba el mismo miedo que acababa de ver en mi mente en quien fuera la «hermana Marge».

—¿Han tenido algún problema al llegar? —preguntó con voz temblorosa.

—No. Ninguno. ¿Nos permite pasar? —dijo Judy.

—Adelante —se limitó a decir ella. Se mantuvo a un lado de la puerta mientras nosotras entrábamos, y luego cerró y pasó el seguro. Lo comprobó varias veces.

Percibí un olor a ginebra en el ambiente y noté que Johana Fischer no había peinado su cabello en mucho tiempo. Algo le pasaba a esa mujer. Estaba bajo una gran presión.

Tomó la delantera y nos condujo al salón de la casa. El

mobiliario era blanco y gris, el piso, negro, la chimenea moderna con apliques plateados, y una gran obra de arte coronaba el ambiente: una pintura abstracta donde primaban los colores negro y rojo.

Nos pidió que nos sentáramos.

—¿De quién es esta casa? —le pregunté mientras me sentaba en un sofá. Judy se sentó a mi lado.

—De Myrna Mattison. Me la rentó cuando acepté el cargo que me ofreció —respondió extrañada.

—¿Sabe que antes fue un convento? —intervino Judy.

—No. No lo sabía —respondió.

Pero estuve segura de que mentía.

—Verá, señorita Fischer, trabajo en el FBI y he recibido entrenamiento. Y sé que usted ahora mismo está mintiendo. Me pregunto por qué nos miente en algo tan insignificante. Y solo obtengo dos respuestas: o está aterrada y nos va a mentir en todo, es decir, está fuera de sí y su estado lo comprueba… —comenzó a insinuar Judy.

—O esta mentira no es tan insignificante como parece —interrumpí.

6

Johana Fischer se tumbó hacia atrás en el sillón que había ocupado y cerró los ojos. Comenzó a llorar.

—¡Está bien! ¡No sé qué más quieren de mí! De haberlo reconocido todo al principio, este efecto bola de nieve no hubiese sucedido. ¡Ya estoy harta! ¡Harta! —gritó.

—¿Harta de qué? —pregunté.

—De todo. De esta casa. Prefiero estar en prisión. Este lugar es una prisión aún peor. ¡Ya es suficiente! ¡Ya es suficiente!

—¿De qué es suficiente? —insistí.

—Ni siquiera hay cobertura en el móvil en este lugar. Lo planearon así, para que una se vuelva loca.

—Perdone, Johana, pero no acabamos de comprender. ¿Quiénes lo planearon así? —intervino Judy.

Ella se recompuso un poco.

—Cometí un error en Nueva York. Tenía mucha presión encima, y una tarde la gente de la división de comprobación me hizo una consulta y emití un juicio errado. Eso hizo que un lote defectuoso, contaminado de un medicamento, saliera al mercado. Me di cuenta en la madrugada. Saben, como cuando de repente algo que ha quedado danzando en el subconsciente viene a la mente, o algo así. Suele pasarme, y entonces tomé los correctivos, pero ya era tarde. Eso provocó la muerte de una persona.

—De una niña —completó Judy.

No debió hacerlo, porque podía poner a Johana Fischer a la defensiva si sabía que ya manejábamos la información. Era preferible no interrumpirla. Pero comprendí que el tema era sensible para ella.

—Sí. De una niña. Tengo que vivir con eso —afirmó Johana Fischer, cortante.

Luego se levantó y buscó un vaso que estaba sobre una mesa junto a la ventana. Contenía un líquido incoloro.

Volvió a la silla y se sentó.

—¿Está usted bien? —pregunté.

—Sí. Lo siento, pero debo tomarme este trago —me respondió. Creo que agradeció mi interés. Me dio la impresión de que hacía mucho tiempo que nadie le preguntaba si estaba bien.

La que había considerado una mujer de hielo, ahora era otra persona.

7

—Entonces recibí la invitación —manifestó y, con una mano temblorosa, llevó el vaso a sus labios y bebió.

Hicimos silencio Judy y yo. Ella iba a continuar hablando.

—Me decían que podían librarme de las responsabilidades penales de mi error si, cuando lo necesitasen, estaba dispuesta a trabajar para ellos. Y, por supuesto, acepté. Tenía mucho miedo de perderlo todo y sobre todo de perder la libertad. Desde pequeña, lo que más me espantaba era perder la libertad de ir a donde quisiera, de perder mi privacidad. Sobre todo eso: perder mi privacidad. Siempre he sido, desde chica, muy introvertida; vivo en mi mundo y no quiero que nadie entre en él. Mi mundo y mis intereses. Prefiero a los animales que a las personas. Y de solo pensar que podría pasar tiempo en la cárcel, me enfermaba. La verdad es que nunca había sentido tanto miedo en mi vida. Y dije que sí. Acepté la invitación.

—¿Quién le hizo esa invitación? —preguntó Judy.

—Son un grupo empresarial. Uno muy poderoso.

—¿Myrna Mattison? —pregunté.

—No lo sé. Eso es lo peor. Todo es impersonal, anónimo. Recibí un *mail*. Era como un juego para ellos. Un juego cruel.

—¿Guarda usted ese correo?

—Sí.

Acto seguido, se levantó y en unos instantes trajo una carpeta gris y me la entregó. La abrí.

La primera hoja contenía una impresión de un *mail*:

«Usted debería renunciar a la pretensión de afirmar que todas las vidas valen igual. O a la idea de que una vida humana vale mucho en sí misma. Una vez dentro de mi juego, ya no podrá salir de él. Eso dicen las escrituras a las que atendemos. Pero para usted será un juego salvador. Puede que tenga que renunciar a la paz, pero no a la libertad. Y esta, querida feligrés, es lo que más teme perder».

—Comencé a recibirlos cada cinco minutos. Al día siguiente de mi equivocación. Allí están todos ellos. Los imprimí, creo que obedeciendo una recomendación de mi padre. Decía que uno debía guardar por escrito y en papel todo lo importante. Mi padre murió.

Su voz se quebró todavía más cuando mencionó a su padre, pero a la vez se llenó de una emoción diferente. Creo que ternura.

—Y pienso que al imprimir eso, de alguna manera, sentí que él me acompañaba. No lo sé. De todas formas, su recomendación no es políticamente correcta porque habría que talar muchos árboles si todos la cumpliéramos...

Johana Fischer, a pesar de la situación en la que se hallaba, era capaz de traer a la conversación ideas menos importantes. Se encontraba siendo objeto de extorsión, de chantaje, y era capaz de hablar de los árboles. Puede que esa capacidad la hubiese aprendido aquellos días de pesca de niña. Puede que lamentara la muerte de los peces, verlos morir ante sus ojos, que le pareciera muy cruel, pero el verdugo era su padre, y por eso se reponía, pensaba en otra cosa; por eso fue capaz desde pequeña de doblegar sus sentimientos.

Dejé la carpeta a un lado, después de comprobar que el último *mail* lo había recibido semanas antes. Luego se la pasé a Judy. Ya tendríamos tiempo de mirar con detalle todos los mensajes que le enviaron.

—¿Usted no come carne, verdad? —pregunté.

Movió la cabeza en señal de negativa.

—¿Por qué da carne a los animales del bosque? ¿Cómo alimenta a sus perros? —Quise saber.

—Soy química. Soy buena en mi trabajo. He logrado hacer un preparado vegetal que contiene la misma cantidad de proteínas que un trozo de carne y he imitado el sabor de la carne. Antes le hablé de la carne porque no me pareció necesario entrar en detalles. Pero la verdad es que no sé de qué perros me está hablando. Yo no tengo perros.

—Hemos visto al llegar aquí cinco perros lobos en su propiedad —dijo Judy.

—Jamás he tenido perros —respondió Johana Fischer con énfasis.

Y tanto Judy como yo supimos que en ese momento estaba diciendo la verdad.

8

—Está bien, Johana. Por favor, continúe relatando lo que venía contando —pedí.

—A cada minuto recibía un mensaje de ellos. Me dijeron que comprendían mi incredulidad. Y es que al principio pensaba que se trataba de una maniobra de alguien de la empresa, de la vicepresidenta a la que yo no le agradaba. Mas no fue así. Lo supe porque cuando les respondí que estaba dispuesta a aceptar la «invitación», entonces detuvieron a un empleado de la empresa. Y él, contra toda lógica, confesó ser el responsable de los hechos. Dijo que yo había ordenado sacar el lote de Ciprolet del mercado y él no había acatado la decisión por descuido. Desde ese momento supe que ellos eran capaces de todo.

—¿Por qué cree que ese hombre se inculpó? —Quise saber.

—Porque a él también debieron «invitarlo». Es decir, debieron decirle que si se confesaba culpable, ganaría algo valioso para él. Conocen los puntos débiles de las personas. Y aunque uno crea que no puede haber nada más valioso que la libertad ni nada más espantoso que la cárcel, eso no es necesariamente así. Para algunas personas podría haber algo peor. Imagina que conozcan un secreto tuyo y que lo peor que puede pasarte en tu vida sea que lo expongan. O tal vez te chantajeen con alguien que quieras. Hay que tener una imaginación maligna, tenebrosa, pero algunas personas son así —afirmó.

«Tenebrosa, imaginación para el mal… Tenebrae».

Esas palabras aparecieron en mi cabeza.

—¿Por qué cuando llegamos habló de esta casa como parte del problema? Si se la rentó a Myrna Mattison, entonces es porque usted cree que ella es parte del grupo que le hizo la propuesta —argumentó Judy.

—Lo creo, pero no tengo pruebas. Nuestro encuentro en el hotel no fue casual, aunque ella lo exponga de esa manera. Además, he tenido la impresión de que de forma sutil me ha sugerido que yo también lo exponga de esa manera. Pero creo que ella buscó entablar comunicación conmigo e invitarme con un magnífico sueldo y condiciones de trabajo a administrar el Salón Mattison.

—¿Y ellos, los del *mail*, le dijeron que aceptara la propuesta de Mattison? —Quise asegurarme.

—Sí, podrán verlo allí en los *mails*. Ellos lo saben todo de todos. Es como un superojo que estuviera desde siempre observando nuestros errores, alguien observando en la oscuridad para atacar cuando menos lo esperas. Como si al final, todos estuviésemos condenados a ser víctimas de una u otra manera en una especie de espiral infinito; víctimas de cortes con el mismo acero.

9

—¿Tuvo usted algo que ver con la muerte de Martín Pool? —preguntó Judy, cerrando la carpeta.

Johana Fischer terminó de dar el último sorbo de ginebra.

Sonrió de manera sarcástica.

—No. Pero comprendo que no me crean. Soy una miedosa mentirosa. No tuve que ver, pero fui al salón de junto a la biblioteca aquella noche. A la Sala de Ciencias Militares.

—¿Por qué fue allí?

—Porque para eso me trajeron aquí. No estoy aquí para administrar el Salón Mattison. Eso es una tapadera. Me pidieron, como verán allí en los correos electrónicos, que analizara los elementos contenidos en un objeto. En una serie de objetos. Que tomara muestras y analizara... Están interesados en conocer la ubicación de algo, es algo antiguo. Mucho. Y les importa más que cualquier cosa.

—¿Qué pasará ahora que saben que ha hablado con nosotras?

—Creo que me matarán. Y contratarán a otra especialista.

—Debe usted ser muy buena en su trabajo. Tal vez la mejor.

—Puede ser.

—¿Qué objetos son esos?

—Trozos de papel, algunos impresos.

—¿El lugar donde cuenta con instrumentos para analizarlos es la Sala de Ciencias Militares?

—Sí. Solo la visito yo en horas en las que no hay nadie más.

—¿Martín Pool habrá descubierto algo?

—No lo creo. Me lo hubiesen informado. Creo yo. Aunque puede ser que solo sea una pieza en el engranaje. Pero hay algo en la muerte de Pool que no comprendo. Si la forma en que funciona este grupo es oculta, ¿por qué matar a ese hombre en el Salón Mattison para llamar la atención sobre él? Créame, no lo encuentro lógico. Y el asesinato de Pool parece tener motivos religiosos, y puede que este grupo empresarial también los tenga. Los análisis que he hecho me han revelado que los materiales y las tintas son antiquísimos, pero yo no tengo nada que ver con esa muerte. Ni con la de la chica. Ni siquiera la conocía…

Asentí.

Johana Fischer tenía una mente racional y era muy inteligente. Acababa de decir una gran verdad.

10

La contratación de Fischer había sido bien pensada. En teoría, solo era la administradora del Salón Mattison. Todas las cuentas estaban claras. Pero en la práctica, recibía dinero de una cuenta imposible de rastrear, que podía significar un reto para Rossy. Además, solo estaban los correos electrónicos y ninguna otra prueba de la existencia del grupo «empresarial» que la libró de la cárcel y que la mantenía en Delia.

Le ofrecimos protección policial a Johana. La aceptó, pero en la casa no había manera de comunicarse con el mundo exterior. No había conexión a internet ni tampoco cobertura en los móviles.

Le pedimos a Johana que nos acompañara. Yo presentía que la oscuridad nos estaba siguiendo los pasos y que ya sabía que ella nos lo había contado todo.

Ella comprendió que ya era hora de afrontar su responsabilidad y, de alguna manera, la vi aliviada. Éramos la puerta de salida, el escape de la prisión que había significado haber aceptado la invitación de lo que ella llamaba un grupo empresarial.

Johana tomó su abrigo y la bufanda. Se las puso y luego tomó unas llaves. También un bolso de mano. Cuando lo agarró, se cayó de sus manos y fue a dar a mis pies. Me incliné para tomarlo y entregárselo. Lo hice inconscientemente. Judy estaba detrás de mí.

Lo tomé y se lo entregué a Johana, quien se encontraba muy cerca de donde estaba yo. Rocé su cuerpo y sus ropas. Me agradeció.

Salimos de esa casa. Sentí de repente un miedo muy profundo, sin explicación.

Cuando llegamos al coche, me pareció que la grava no crujía igual. Tal vez porque una ráfaga de aire helado sobrevino.

Escuché el canto de un pájaro, otra vez una lechuza. Y otro animal, esta vez un insecto voló frente a nosotras.

—Me gustan las noches como esta. Me recuerdan cuando acampaba con…

Eso comenzó a decir Johana, pero hubo algo que la interrumpió.

Un disparo, luego un cuerpo que se desplomó al suelo.

Una exclamación.

Y allí estaba ella, sobre la grava, inmóvil.

11

JUDY, con rápidos reflejos, tomó su arma y apuntó a la oscuridad.

Me acerqué a Johana. Aún estaba viva.

—Tranquila, Johana, no hables.

Pude escuchar que pronunció unas palabras, pero no fui capaz de comprenderlas.

—¿Estás bien, Alexis? —me preguntó Judy gritando. Ya había caminado unos pasos y apuntaba a alguna parte.

—Sí. Estoy bien. Le han dado a Johana.

Miré sus ojos. Adiviné que deseaba que me acercara más a ella. Lo hice y la escuché:

—Gracias —me dijo con voz apenas audible.

Luego murió. Contuve su brazo y en ese momento volvió a mí la imagen de una niña junto con su padre a la orilla de un río. Ese fue su último recuerdo.

Sentí compasión por Johana. Unas lágrimas cayeron en la grava.

Teníamos que avisar a Lexus, a Anne. Pero debíamos salir de allí para poder hacerlo.

No podíamos salir en el coche, pensamos las dos al mismo tiempo.

—La reja… —dijo Judy.

—Las llaves —recordé.

Johana había tomado unas llaves. Allí debía estar el mando para abrir la reja. La busqué dentro de su abrigo. Judy tomó el bolso de mano de Johana, que había caído junto a la llanta. Subimos y Judy emprendió el camino con velocidad.

—Estos malditos agujeros negros en medio de la nada, sin cobertura —expresó.

Cuando estuvimos frente a la reja, accioné el mando. La puerta se abrió. Salimos a toda velocidad. Tuvimos que rodar tres minutos por la vía hasta llegar a la calle Washington, que se ubicaba frente a una casa, para obtener cobertura en los móviles.

Tenía muchas llamadas perdidas de Anne. Muchísimos mensajes…, pero había que avisar de inmediato del asesinato de Johana Fischer. Llamé a Anne. Por su parte, Judy llamaba a Lexus.

—Han matado a Johana Fischer en la casa de Myrna Mattison en la carretera que conduce a Delia, en 110TH. Está muerta. Nosotras estamos bien. Ella era el objetivo por lo que sabía. Debes enviar gente de confianza al Salón Mattison ya mismo. Iremos también para allá. En la Sala de Ciencias Militares debe haber algo de interés —alcancé a decir.

—Alexis, escúchame… Es Leonard Blake —dijo en voz muy alta Anne.

—¿Qué dices?

—Orla Dermody afirma que Leonard Blake estuvo diciéndole cosas sobre Eileen, sobre su extrañeza. No lo había hecho consciente hasta que se lo preguntamos. Bruce y yo. Ahora mismo están buscándolo. No está en su casa. ¿Has dicho que han matado a Johana Fischer?

Anne continuaba hablando, pero yo me había quedado pensando en Blake. Lo recordé en su casa, desenfadado, informal, ególatra... El cuento de la chica que se suicidó. Yo le creí. Creí lo que contó de su familia que la maltrataba y que algunas cosas funcionaban como escapes, el teatro, el colegio...

—Alexis..., ¿estás allí? Ya va una unidad policial y forense a donde dices. ¿Están en este momento en peligro?

—No. Estamos en el coche en la vía. Nosotras no éramos el objetivo. Era ella. Johana. La habían reclutado...

—Ya me lo contarás. Diríjanse al Salón Mattison. Allá nos vemos. Vamos a atrapar a ese maldito de Blake, Alexis. El hecho de que esté ilocalizable habla de su culpabilidad. Si no, por qué desaparecer...

—Pero recuerda que Blake debe tener un cómplice, Anne. Estuvo bajo vigilancia cuando asesinaron a Candice —recordé.

—Y Myrna Mattison también. He obtenido referencias del FBI que la vigilancia es de fiar. Así que es seguro que si Blake es a quien buscamos, e incluso si Myrna Mattison está metida en esto, hay alguien más.

—Puede que muchos más —completé.

—Estoy en el coche, en el *parking* del hotel. Bruce está preocupado por Parker. No ha dado señales de vida desde anoche. Dice que eso no es normal. Debe estar investigando por su cuenta. En cuanto vuelva Bruce, nos dirigimos al Salón Mattison...

«Parker... no es normal...».

Esas palabras resonaron en mi cabeza.

12

Las siguientes horas fueron terribles.

No hallamos al asesino de Johana. Presumimos que se había internado en el bosque, que lo conocía muy bien y que debía ser un tirador profesional que vigilaba los pasos de Johana. Ella sabía que había caído en una trampa.

No encontramos nada en el Salón Mattison. Lo que fuera que analizara Johana, había sido retirado de allí. Manteníamos una vigilancia intensa sobre Myrna Mattison, pero no había hecho ningún movimiento sospechoso. Solo cazaba conejos y recogía vegetales de su huerto. Fue vista con una cesta a cuestas para depositarlos.

Todo se había vuelto humo.

No teníamos pruebas de lo que ella nos había dicho. Solo los correos electrónicos. Los habíamos enviado al FBI para su análisis semántico. Anne y yo hicimos lo propio, y lo enviamos a Rossy y la Dirección que ella comandaba en Wichita. Informamos a la jefa Tonny de todo.

Pero lo peor no era que no contábamos con ninguna pista que seguir ni que Blake estuviera desaparecido, sino que alguien más también lo estaba. ¡Clark Parker no estaba en ninguna parte!

Se había desplegado un operativo para buscarlo. Parecía que solo se buscaba a Leonard Blake, pero también se buscaba a Parker.

Yo no sabía qué pensar. Si la desaparición de Parker se debía a que pertenecía a la oscuridad y era el cómplice en el que algunas veces Anne y yo habíamos pensado, o si estaba desaparecido porque se había acercado demasiado a la verdad sobre la oscuridad y esta se había encargado de él. Era un chico muy listo, con una inteligencia e intuición excepcionales.

Eran las ocho de la noche cuando nos hallábamos dentro de unas oficinas del FBI en Delia. Decidimos reunirnos allí para planear qué hacer en las próximas horas. En ese momento solo estábamos nosotros y un agente de seguridad. Era una oficina pequeña situada junto a una plaza.

—Me temo que algo malo le ha pasado a Parker. No puedo dejar de pensar en que ese recorte de periódico, con la noticia del crimen de Alma Manning, tenía también que ver con él... Él la entrevistó, y yo no quise ingresar al correccional junto a Clark ese día... —se lamentó Judy.

—Deja de culparte, Judy. Hubiese dado igual si lo acompañabas o no. No creo que su desaparición tenga que ver con la entrevista a esa asesina —manifestó Bruce.

Nos hallábamos sentados en torno a una mesa en una especie de sala de reuniones.

—¿Qué sabemos de sus últimos pasos? ¿Lo han pensado? ¿No habrá algo que se les haya pasado por alto? —Quise saber.

—Nada. Nos despedimos en la noche y nada más. No

durmió en su habitación. La cama estaba hecha —dijo Bruce.

—¡Madre de Dios! —exclamó Anne.

—Será mejor que tomemos café. Tenemos que fijar un plan de actuación —dijo Judy.

Bruce se levantó y se dirigió a una mesa donde se hallaba una cafetera. La encendió y de inmediato comenzó a percibirse el olor del café. Noté que habían dejado preparada la cafetera para que solo al encenderla comenzara a colarse.

El ruido de la cafetera inundó la habitación.

Escuchamos luego unos pasos. Pensé que debía ser el vigilante de la oficina, que tal vez había ido al servicio.

Vi a Bruce tomar las tazas para servir. Yo estaba sentada más cerca de la mesa, así que me levanté para ayudar. Entonces, cuando tomé una de las tazas, percibí algo.

13

Se tratAba de una hoja escrita con un tipo de letra
antigua, en desuso, muy adornada.

Y de repente me embargó un gran miedo.

Toqué con más fuerza la taza y comencé a ver más
claramente el escrito en mi cabeza.

Querido padre Arthur:

*La noche del martes era de reunión en el consejo de administración.
Sabe que las reuniones debemos hacerlas de noche para aprovechar al
máximo la luz del sol, en nuestros trabajos manuales, cuya perfección
debe ser una ofrenda a la perfección de las maravillas de nuestro Crea-
dor. Cuando nos disponíamos a guardar el trabajo diario, una lechuza
perdida pasó rozando la torre del convento y cayó herida, allí mismo.
Entonces los perros lo devoraron delante de nuestros ojos. Mojada, con
las plumas brillantes y grandes ojos amarillos, desecha, ensangrentada.
No dijimos nada, pero quedó entre nosotras una impresión desagradable, como un duelo, o incluso peor. Era la primera vez que veíamos algo
así, tan salvaje, tan asimétrico. Marge se persignó.*

*Un poco más tarde, la hermana entró al comedor, donde estábamos
las tres para llevar juntas el inventario, intentando deslastrarnos de la*

283

impresión del pájaro. Venía cargando —con mucho cuidado— una de nuestras cestas y la puso sobre la mesa. Nos quedamos mirándola sin entender, expectantes. Abrió la cesta y nos invitó a mirar adentro. Nos pusimos de pie y nos asomamos. Vimos tres rollos de tela —algo manchada, pero que antes pudo ser lino blanco— que parecían envolver, a su vez, tres rollos de papel. También había unas cajitas minúsculas de cuero, empolvadas y de menos de dos centímetros de tamaño. La hermana dijo haber encontrado eso en la torre, en la parte alta, detrás de unas piedras que hacían una gruta oculta, metidos en una vasija de barro. Dijo que eran tres manuscritos.

Sacó de la cesta el rollo de mayor tamaño y lo desenvolvió. Vimos un papel de un tono naranja, parecía quebradizo como una hoja seca, de bordes irregulares y ensombrecidos. Estaba atado con una cinta de tela oscura, color vino tinto. Me fijé en el nudo; oscuro, apretado.

Definitivamente, nos pareció algo antiguo.

La hermana sacó el otro rollo, con idéntico procedimiento y con sumo tacto al manipularlo. Parecía estar cuidando algo valioso. Lo puso junto al otro. Finalmente, hizo lo mismo con el último, que era de menor tamaño. Allí quedaron sobre la mesa los tres rollos. Ella dobló la tela que antes los cubría y la metió en la cesta, junto a las cajitas de cuero.

Nos quedamos paralizadas. Eso parecía un acto de prestidigitación. La hermana dijo que esos manuscritos eran de la época del Libro de Kells, *y habían sido escritos por un fraile llamado Hanot. El fraile había sido astrónomo y biólogo. Lo afirmaba por las anotaciones y dibujos que había visto.*

Le pedimos que los abriera. Recuerdo que Paulie hizo un ademán como para agarrar uno de ellos, y ella se lo impidió bruscamente. Dijo que eran muy delicados. Entonces Marge preguntó qué eran esas cajitas, señalándolas. La hermana nos dijo que debían contener extractos de escritos originales, de los mismos extractos que fray Hanot refería en el manuscrito. Pero que era imposible sacar esos rollitos de papel sin dañarlos. Que ella había intentado hacerlo con uno, y casi lo destroza. A pesar de que nosotras tenemos una buena destreza manual.

Le pregunté a qué se referían específicamente los hechos que, por lo visto, ya ella había leído al manipular esos manuscritos. La hermana levantó la mano en señal de impaciencia porque odiaba que la apuraran. Tomó uno de los rollos, jaló la cinta de tela que lo amarraba, abrió el pliego, desvió su mirada a un punto de la escritura y leyó palabras similares a estas: «En este sitio, se les apareció en forma visible el demonio y les dijo: ¿Qué hacéis aquí? Ya todos estáis perdidos».

Dijo que el escrito trataba sobre un relato detallado de la desviación de la humanidad al pretender contraponer el bien al mal. Ella respondió de inmediato que le parecía una excelente idea.

Entre tanto, mi cabeza seguía insatisfecha. La escena me parecía fantástica. ¿Cómo nadie había encontrado esos escritos antes? Este lugar, aunque apartado y olvidado, fue blanco de saqueadores, curiosos, exploradores. Ahora me parecía más improbable que ese hallazgo fuera verdadero. Pero debía reconocer que el estado que mostraban hacía pensar que posiblemente esos papeles eran muy antiguos.

Le pregunté en dónde exactamente los había encontrado. Me dijo que en una parte del muro, en la cara interna de la torre, debajo de unas piedras, dentro de una vasija de barro, muy bien cerrada. Evidentemente, era la intención de quien los metió en ese lugar que estuvieran escondidos pero seguros. Dentro de una vasija hay un ambiente poco húmedo, oscuro y no tan caliente. Un ambiente perfecto para procurar conservación. También pensé que en la parte superior de la torre no había humedad, y que, producto de la protección de las piedras era posible —solo posible— que esos papeles hubiesen podido aguantar el paso del tiempo.

No me detuve mucho en los dibujos. El último rollo de papel contenía una representación de una constelación, ciclos lunares, algunos recuadros con bordes de líneas rojas y verdes, letras negras. La misma letra. Creo que solo yo me interesé medianamente por mirar el contenido *de estos dos últimos manuscritos. En este momento, la curiosidad frente a la novedad ya había menguado y nos quedaba una sensación desagradable.*

Ahora sé que se trata de los escritos malditos, el mensaje del mal que ha sobrevivido oculto desde siempre. Unos folios que nunca terminan de escribirse porque siempre aparece alguien que pretende liderar una nueva página, un nuevo horror.

Aquí en Kansas anidó la oscuridad, con sus letras, sus cajas y su péndulo. Es una herencia que ha destruido a muchos; lo trajeron los colonos y ellos, los vigilantes, pretenden conservarlos, pero yo sabré esconder los objetos. Presiento que los objetos, el contenido de esas cajas, es lo peor. En cuanto la hermana que está poseída se retire a dormir, subiré al escondite y sepultaré lo que encontró que la cambió. Le pido que venga a este lugar, padre Arthur. No puedo sola contra esta fuerza de los Ascendere…

La visión del escrito se esfumó. Pero entonces escuché una voz dentro de mí.

«Alexis, estoy bien. Sabes como yo que es preciso llegar hasta el final».

Era una voz conocida.

14

Clark Parker acababa de comunicarse conmigo, de alguna manera.

—¿Qué sucede? —me preguntó Bruce.

—Esta taza… ¿quién…?

—Esa taza la tocó Clark. Cuando llegamos a Delia, vinimos para acá. Estoy seguro de que fue esa. Tiene una marca en la parte lateral, parece una muesca hecha por un golpe o algo parecido —respondió.

—Él está bien. Solo está investigando —alcancé a decir.

—Lo has sentido, ¿verdad? Se ha comunicado contigo. Lo sé —dijo Bruce.

—Sí. Estoy segura de que está bien. ¿Pero dónde puede estar? —pregunté. Cuando lo hice, sin querer dejé caer la taza.

Bruce se inclinó a recogerla. Anne y Judy voltearon. Los pasos afuera se hicieron más fuertes.

Bruce recogió los pedazos de la taza rota.

—Lo tengo. Ese movimiento no fue normal, fue intencionado. Por eso lo hizo. Quiso ayudar. Sabía que estaba atrapada, y aun así, hizo algo valiente…

Eso dijo Judy. Ninguno entendía de qué estaba hablando.

Entonces se levantó y se dirigió a donde yo había dejado mi abrigo. Rebuscó en uno de los bolsillos.

Comencé a comprender.

Se refería a Johana Fischer. Ella se había acercado a mí cuando me incliné a buscar su bolso, y en ese momento debió meter en el bolsillo del abrigo algo. Judy tenía memoria eidética, se había grabado la imagen de aquel hecho y no solo el suceso, sino la posición que Johana Fischer había adoptado junto a mí. Aunque en ese momento no lo hizo consciente, ahora venía a ella el recuerdo y la idea de que la posición de Johana había sido forzada, su postura, con la intención de alcanzar mi abrigo y el bolsillo. Ahora Judy lo notó porque Bruce también se había inclinado, pero no de la misma manera.

—¿De qué estás hablando? —preguntó Anne.

Judy sacó una cajita del bolsillo.

—De esto. Johana Fischer nos dejó esto —dijo triunfal.

15

Pusimos la caja sobre la mesa. Bruce sacó de alguna parte un par de guantes y se los puso. Ante los ojos de todos, la abrió.

Dentro había unos diminutos papeles doblados de una manera increíble. Daba la impresión de que si se sacaban con los dedos, quedarían deshechos.

—Se trata de una impresión en miniatura. En el pasado, en el año 800, en las costas de Irlanda, se escribió el *Libro de Kells*. Algunos historiadores han afirmado que además se escribió otro libro, el del politeísmo ya enfrentado al cristianismo. Pero también algunos afirman que estos escritos se han conservado ocultos para mantener viva la secta. Y uno de los monjes que pertenecía a la secta, que se encontraba en el monasterio, mantenía sus creencias ocultas y era diestro en miniaturismo. Si me lo permiten, me encargaré de investigar esto. Sé con quién hacerlo en Irlanda. Clark me lo ha dicho. Como saben, conozco el mundo religioso y sé cómo encarar esto. Tomaré un avión lo más rápido posible. Creo que este hallazgo, más allá del valor histórico que de seguro tiene, significará un duro golpe para los asesinos que buscamos. Ellos han sido capaces de matar por esto. Por esto asesinaron a Johana Fischer. Ella debió robarlo del Salón Mattison... —dijo Bruce, apenado.

—Por mí no hay problema. Habla con Lexus —respondió Anne.

Judy y yo asentimos. Me daba la impresión de que ese justamente era el valor y el papel de Bruce Chapman, ser el enlace entre el mundo religioso y el profano.

—Solo tengo una pregunta antes de que te vayas, Bruce. ¿Crees que en realidad es Leonard Blake el asesino?

—Sí lo creo.

—Pero tiene un cómplice. No pudo matar a Candice —apunté.

—Sí. Así es. Por eso voy a Irlanda. Intuyo, presiento que encontraré algo allá, un código, un patrón de traición.

Judy lo miró de manera inquisidora.

—¿Traición? —preguntó Anne.

—El monje fingía que pertenecía al convento, como cualquier otro, pero en realidad estaba escribiendo el otro libro... el de la oscuridad —razoné en voz alta.

Me di cuenta de que Bruce sospechaba que alguien del FBI o de las fuerzas policiales era el cómplice de Leonard Blake.

16

Bruce Chapman se fue.

Pensé en algo en ese momento.

—Judy, me has dicho que eres capaz de detectar gestos cuando las personas mienten.

—No es nada probado. Solo impresiones —respondió.

—Nada de lo que hacemos aquí es una ciencia probada —contraargumenté.

—¿Qué estás pensando? —preguntó Anne.

—Quiero que evalúes a Yela en una videollamada, la hermana de la chica que se suicidó y que fue actriz en la obra de teatro que dirigió Leonard Blake. Pregúntale su opinión sobre Blake, y esperemos a ver qué dice —propuse.

Eso hicimos. Media hora después, veíamos en un monitor en la sala de reuniones a una mujer joven, menor de veinte años. Llevaba el pelo corto con flequillo.

—¿Qué quiere saber? —preguntó con voz ronca.

—Lamento mucho la muerte de tu hermana. Soy la agente Alexis Carter y me acompañan la inspectora Anne Ashton y la agente especial del FBI Judy Holden. Solo te haré una pregunta, Yela. ¿Cuál es tu opinión sobre Leonard Blake?

La chica me miró y luego inspiró. Sonrió de forma irónica.

—Es un hombre monstruoso. Logró poner a mi hermana en mi contra y en contra de todos. Pero ella estaba como hipnotizada con él. Siempre lo mencionaba, nunca lo contradecía. Es como si le hubiera absorbido el alma y la hubiese dejado sin voluntad propia. La llevó a lo más alto, haciéndole creer que era una increíble actriz, para luego desanimarla a tal punto que ella tomó la decisión de... Era frágil, y yo no supe darme cuenta. Estaba solo pendiente de mis cosas.

—¿Por qué crees que hizo eso con tu hermana? —pregunté.

—Era un juego para él. Aunque tal vez hubo algo más. Hubo un momento en que pensé que por un instante llegó a encariñarse con ella. Fue cuando terminó la representación de Dorothy. Pero luego creo que se llenó de odio hacia ella. Como si no tolerara la debilidad que significa querer a alguien. Es la peor persona que he conocido, y estoy segura de que si no hubiese sido por él, mi hermanita estuviera viva.

—Gracias, Yela, por tu tiempo y tu sinceridad. Lo siento, y también lamento haberte recordado algo tan difícil.

—Está bien. Es mejor afrontar las cosas —dijo la chica.

Luego desapareció de la pantalla.

17

—¿Y bien? —preguntó Anne, expectante.

—Dice la verdad —respondimos las dos al unísono.

—Antes tuvimos la versión de Blake y la creímos. Al menos yo la creí, pero ahora le creo a Yela. Y sin saber cómo, estoy convencida de que es ella quien dice la verdad —opiné confusa.

—Mostró rabia al principio, y luego sus gestos fueron consistentes, con mucha tristeza —expresó Judy.

—Pienso..., sobre todo..., creo que ya sé dónde está escondido Leonard Blake —dije.

—¿Con Myrna Mattison? —preguntó Anne—. Pero no es posible... Aunque algo que supimos sobre ella me hizo pensar...

—No. Con la chica actriz. Está repitiendo el patrón. Ella está entregada al criterio de Blake, se emociona siendo su cómplice...

—¿Es que esa chica mató a Candice Shea? —preguntó Anne alterada.

—Es posible —me limité a responder y recordé la

visión que tuve de ella corriendo en el bosque. Tal vez por la cercanía con la oscuridad, mis visiones estaban alteradas. La vi como una chica sufriente, pero quizás no fuera eso en realidad. O al menos, no por ahora. Tal como dijo Yela, sucedió con su hermana, era muy posible que cuando la chica no fuera útil para él, la hiciera sentir miserable. Pude haber visto algo que, comprendí, iba a pasar y que no había pasado aún.

—¿Por qué no pensamos en eso antes? Pensamos en todo, menos en la actriz… —se quejó Anne y, acto seguido, se dispuso a llamar a Lexus. Había quedado en avisarle cualquier idea o avance que tuviéramos.

Se activó el operativo para abordar la casa de Tiffany Simpson. Ese era su nombre.

De nuevo se escucharon pasos, pero esta vez correspondían a más de una persona.

Las tres íbamos a participar del operativo en casa de Tiffany, y por ello nos preparamos a salir de la oficina, cuando de repente se abrió la puerta.

18

APARECIERON Clark Parker y Myrna Mattison.

—¿Qué…? —comenzó a decir Anne.

—No sé si me logré comunicar contigo… —dijo Clark tartamudeando.

—Sí. Lo hiciste. De forma muy clara —respondí.

—Me alegro.

—Gracias a este chico me he liberado. Ha sido un genio. Yo estaba enfrascada en el análisis actancial de los documentos que sabía eran importantes para mi familia, para mis antepasados, pero este chico tuvo una ocurrencia increíble. Yo he debido pensar en eso. Había que pensar en el código Vigenère, para lograr dar con el libro de entre los catorce mil ejemplares que contenían los documentos de la secta, al menos los de las religiosas maltesas que encontraron los documentos antiguos que trajeron los colonos… —dijo Myrna Mattison.

—¿Es que usted sabía todo eso? —la interrumpió Anne.

Ella y Clark todavía se hallaban de pie junto a la puerta.

—Sí, sé quiénes fueron mis padres, mis abuelos. Sé que

mi familia ha estado marcada, pero yo no. Uno es lo que hace, no lo que hicieron los otros, aunque sean familia.

Esas palabras de Myrna Mattison me captaron por completo. Yo misma era un ejemplo de ellas.

—¿Martín Pool no supo algo sobre su familia? En concreto, que estuvieron implicados en la muerte de los niños en el incendio como parte de su culto.

—No. No lo sé. Ese incendio no fue parte de ningún culto. Fue Eva Mattison, mi antepasado, quien era una asesina y quiso prender fuego al Salón. Y sí. Es cierto. En mi familia siempre lo hemos sabido —reconoció Myrna—. Pero eso sucedió hace cien años y nada que dijera Martín Pool iba a alterarme —afirmó tajante.

—¿Usted no pertenece a un grupo religioso?

—A ninguno. No soy religiosa.

—Myrna me ha ayudado a encontrar unas cartas de una religiosa que vivió donde ahora está construida la casa de Eileen Dixon —anunció Clark.

Recordé esa casa, el malestar que me produjo, la pena que contenía. Y a Orla Dermody deshecha después de que asesinó a la mujer que amaba. Ella tenía razón, en parte era culpa de la casa… Las casas guardan de alguna manera la energía de quien en ellas habitan.

19

—ADEMÁS, uno de los Mattison, tal vez Wallace y, sus amigos de negocios, los Dixon, se dieron a la tarea de reunir muchos escritos de gente que pertenecía a la secta oculta. También reunieron escritos de personas que se les oponían. Hay escritos de un tal doctor Charcot en Dublín, quien trató a un paciente psiquiátrico que por voluntad propia entró en la secta. Y otros escritos, que Myrna cree pertenecen al mismo paciente por el estilo de escritura, donde se concibe a sí mismo como un fantasma y dice que había logrado asesinar a varias personas. Los escribió a manera de cuentos cortos... El hombrecito... —continuó Clark.

—El hombrecito gris —completé sin pensar. De repente, recordé la campana en la casa de Eileen Dixon y esa frase vino a mi cabeza.

—¿No es por voluntad propia que entra todo el mundo? —Quiso saber Judy.

—Sí, en parte. Pero algunas personas han pertenecido a

la secta porque así lo han hecho en su familia; de generación en generación —respondió.

—Pero otras personas en nuestras propias familias se dan cuenta de que no tenemos lo que se requiere para estar allí, porque lo cuestionaremos todo, porque no podemos tolerar los dogmas... —dijo Mattison.

Sabía a lo que se refería. A ella, la inteligencia la había salvado. Pero yo había conocido casos en el pasado en los que la inteligencia había sido, al contrario, el vehículo para pertenecer a la secta; el motor para hacerlo, porque algunas personas la asocian con el poder, y desean ascender bajo cualquier costo...

«Ascender, ascender...», me repetí.

—Así que, Myrna, sabías que tu familia estaba dentro, lo supiste desde niña, pero permaneciste afuera. Ahora eres la única sobreviviente de los Mattison. Y has vivido durante años intentando dar con algo que te permitiera entender en qué estaban, querías comprender... —comencé a decir.

Y luego callé. Después de todo, Myrna Mattison y yo no éramos tan distintas.

—Sí. Eso es. En mi casa hubo mucha locura, delirios de grandeza, pero también dinero. Aún tengo mucho y he podido hacer cosas elevadas; mantener el Salón, divulgar cultura, música, arte. Las cosas que nos hacen humanos.

20

—¿Qué fue lo que descubrió Pool? —preguntó Anne, quien hasta ese momento había permanecido muy callada.

—Que Eva Mattison, mi tía abuela, era una asesina. Debió encontrar su diario. Siempre me han dicho en casa que solía llevar uno antes de enloquecer. Y entonces debió comprender que pertenecía a los Ascendere. Así se llama la secta.

—Y comprendió la esencia de la secta, su origen histórico, y otras cosas de valor científico, supongo. Por eso estaba tan emocionado cuando llegó a la biblioteca... —manifesté.

—Sí. Era un hombre deseoso de fama —dijo Myrna en tono crítico.

—Bien. Pool encuentra el diario de Eva Mattison y, a través de su escritura, se entera de prácticas, y sobre todo, de la existencia comprobada de una secta que ya él venía estudiando desde hacía años, toda su vida. Lo concedo. Pero debía querer más. Solo contar con el diario de una niña asesina no era suficiente. Así que supongo que se comunicó con usted, Myrna, para chantajearla, para decirle algo como: «Tengo esto en tu contra, ¿qué me das a cambio?». ¿O es que no hizo nada de eso? —preguntó Judy.

—Iba a hacerlo. Quería hacerlo, pero no tuvo tiempo —respondió Clark.

—Alguien lo asesinó antes. Creo que lo que quería encontrar es lo que nosotros hemos encontrado.

—¿Y dónde estaba lo que ustedes hallaron?

—En un libro de partituras. Clark logró descifrar el código con la ubicación. En la biblioteca. Siempre estuvo allí… —respondió Myrna.

—Bien. El asunto es quién mató a Pool —dijo Anne—. Creemos, Clark, que ha sido Leonard. Debido a tu desconexión con el mundo, es posible que no te hayas enterado de que Orla Dermody reconoció que, sin quererlo, él la influenció para que pensara que Eileen era una asesina, que había perdido la razón obsesionada por seguir las ideas de Pool. Que pertenecía al grupo que cortaba cabezas de caballos, perros y personas. Además, la hermana de la chica que se suicidó dijo que Leonard la había influenciado también. Que era un monstruo —explicó Anne.

—Creo que es él. Tiene mucha ira contenida. Sabe fingir, es actor. Y sobre todo, sabe influenciar a la gente para que haga lo que él desea. Pool pudo confiar en él… —respondió Clark.

Luego me miró.

—Y yo intenté avisar que estaba bien. Disculpen por haber desaparecido así, pero había que trabajar rápido. Y Myrna ha sido de mucha ayuda. Presentí que podía ayudarme.

—Tranquilo, Clark —dijo Anne.

—Ha valido la pena. Al menos, hemos descubierto los intestinos de estos asesinos que han matado a tres personas y también a animales en su rito asqueroso —manifestó Judy.

—Es cierto. Lo que han descubierto, así como lo que descubrirá Bruce, pondrá en mala posición a la secta Ascendere. Además, hemos debido saberlo ahora que lo pienso. ¿Para qué llevaría Myrna Mattison una cesta para recoger vegetales en su huerto si solo cocinaría para ella? Eso significaba que debía tomar un poco más, porque eran dos comensales y no uno —afirmé.

Acababa de darme cuenta de ese detalle.

—¡Vaya! —exclamó Anne en voz muy baja.

Adiviné que se estaba imaginando lo que había tenido que comer Clark Parker, y que volvió a ella el recuerdo de aquel olor que desprendía la cocina de Myrna cuando la visitamos.

No pude disimular, y dibujé media sonrisa. Judy Holden se dio cuenta.

21

—¿Pues vamos o no vamos a cazar a Leonard Blake y a Tiffany Simpson? —preguntó Anne.

Salimos de la oficina. Myrna se fue a casa. Todos los demás subimos al coche que conducía Anne. Ya los agentes del FBI junto a la policía habían ido camino a la casa de la chica.

Cuando llegamos, habían rodeado la casa de manera sigilosa. Uno de ellos vestido de paisano, una mujer, se aproximó a la puerta. Iba a tocarla con cualquier excusa. Querían dar la impresión de que nada pasaba.

Nosotros estábamos al otro lado de la calle, aguardando. Podíamos ver la puerta, el pequeño sendero que conducía a ella.

Se trataba de una calle solitaria. Solo había un par de casas más y parecía que nadie las habitaba. Nos encontrábamos en las afueras de Delia, hacia el sur.

La agente tocó a la puerta. Pasaron unos segundos. No hubo respuesta. Volvió a intentarlo.

Nada.

Vi al líder de la operación hacer unas señas a alguien de su equipo. Quería que se ubicara en otra posición, más hacia el lado derecho de la casa.

Escuchamos un perro ladrar.

Tantas cosas habían pasado; la muerte de Eileen, de Johana, que lo había olvidado. Los perros lobos, los negros…

¿De dónde habían salido? Estaban en la casa que habitaba Johana Fischer, que era de Myrna… de Myrna Mattison.

¿Es que ella era la dueña de esos animales?

¿Por qué los había olvidado?

Me parecía que a Judy le había pasado lo mismo. Era como si nunca hubiesen estado allí.

¿Por qué pensaba en eso en ese momento?

22

La AGENTE INSISTIÓ, tocando la puerta.

Entonces una luz se encendió dentro de la casa.

Todos se pusieron alerta.

La agente también.

La puerta se abrió.

Apareció la chica con las manos en la cabeza. Pude verla bajo el umbral de la puerta. Sabían lo que estaba pasando.

Dio unos pasos y salió de la casa. Detrás venía él, Leonard Blake, con la misma posición de rendición.

Ambos fueron abordados por los agentes de ataque. Fueron esposados.

Todo fue muy sencillo. ¿Por qué?

—No opusieron resistencia, ninguna —dijo Anne.

—Sabían que veníamos —completó Clark.

—Tal vez para ellos era más estratégico que atrapáramos a los asesinos en este momento —manifestó Judy.

Tenía razón. Siempre había un «ellos». La oscuridad no se acababa con la detención de Leonard y Tiffany. Eran solo unas piezas de la maquinaria. Yo había visto cómo la oscuridad usaba a las personas y luego las desechaba.

—Me da pena la chica —confesó Judy.

—Tomó la decisión de juntarse a un asesino —respondió Anne.

—No del todo. Ellos te conocen más que tú mismo. Saben qué hacer, y qué decir para resultar irresistibles. Siempre han sabido seducir a este país, han estado allí, ocultos, pero gobernando, gracias a las Tiffany de este mundo. Porque Ascendere es una emoción. Sobre todo una emoción... —dijo Clark en tono grave.

Los detenidos fueron conducidos a un coche policial que aguardaba.

Yo tenía la impresión de que algo más pasaría. Y no sería algo bueno.

23

Nos fuimos al hotel a descansar. Nos avisarían cuando los detenidos estuviesen listos para ser entrevistados. Confesaron ser los asesinos. Leonard mató a Pool y Tiffany mató a Candice. También confesaron haber dejado las pruebas incriminatorias en casa de Eileen Dixon.

Me di una ducha caliente, me comí una hamburguesa. Estaba exhausta.

Me quedé dormida y el móvil me despertó.

Eran las tres de la tarde. Leonard Blake estaba listo. Aún más, había pedido hablar conmigo. Fue Anne quien me llamó.

Me dirigí al lugar donde estaba detenido. Se trataba de la misma oficina del FBI donde habíamos estado antes. El FBI lo llevará a Washington en cuanto terminara conmigo.

Recibí una llamada de Clark. Me preguntó si estaba bien. Le respondí que estaba cansada. Me dijo que él también. Que había sido muy agotador el último día. Al final, me dijo que tuviera cuidado. También me informó que él entrevistaría a Tiffany. Quedamos en hablar luego.

Leonard había dejado claro que solo hablaría conmigo, y a solas. Que no quería a nadie más a mi lado.

Me dirigí a una sala que no conocía. Se ubicaba en la parte posterior de las instalaciones. Cuando llegué, un agente me condujo hasta la puerta y abrió.

En el interior estaba Leonard Blake, sentado de manera displicente, tumbado hacia atrás con la espalda sobre el espaldar de la silla y las piernas extendidas. Sus manos estaban esposadas.

Al verme las levantó, ambas, para que viera las esposas, y sonrió.

—Me han pillado. —Fueron sus palabras.

Era un hombre atractivo. En ese momento me lo pareció más, muy a pesar de que sabía que era un asesino.

Su pelo rojizo estaba algo húmedo y algunos mechones se adherían a su cara. No me había fijado antes en sus ojos. Eran de un color gris oscuro, muy extraño. Sus facciones eran perfectas.

Cuando sonreía, la belleza se multiplicaba por mil.

—Podrás hacer algo para que me quiten esto —dijo, y volvió a levantar las dos manos.

Hice silencio.

—Sabes que no voy a hacerte nada, Alexis —completó.

Llamé al agente para que abriera las esposas.

24

—Siempre hay que hacer buenas historias, ¿verdad? Eso es lo que hemos hecho aquí. Lo que he hecho yo. Formar parte de algo emocionante. La vida es un soplo, como dicen, y siempre supe que no quería vivirla como el fantasma de Canterville.

Eso lo dijo una vez el agente se fue de la sala. Sabía que estaba junto a la puerta. No me sentía en peligro, pero experimentaba temor. No de que me fuera a hacer algo, sino de la conversación. No sabría explicarlo.

—No has escuchado la canción. «Yo era un hombre bueno, si hay alguien bueno en este lugar…».

—No la he escuchado. ¿Para qué querías hablarme?

—Porque tú querías hablarme a mí. Me lo han dicho.

—¿Quién te lo ha dicho?

—Sabes que no te lo diré. Ni a tus amigos del FBI.

—Lo sé. Dime, Leonard, ¿por qué mataste a Pool?

—Ahhh, por qué, siempre los por qué y los para qué. ¿Para qué sirve la poesía? Y yo les he dicho, ¿para qué sirve la muerte? ¿Para qué sirve el sabor del café? ¿Para qué sirve el universo?... No es mío. Es de Borges. El mejor de los mejores.

—¿Por qué mataste a Pool? Si siempre han intentado permanecer en la sombra, por qué ahora se exponen así, con el rito, las piedras, la posición del *Hombre de Vitruvio*. No tiene sentido. Ayúdame a entenderlo —le pedí.

Ya me había sentado frente a él.

—Había que cambiar. Siempre hay que cambiar. Puede que ya sea hora de mostrarnos.

—Pero hemos encontrado cosas. Algunas con las que, al conocerlas, podremos darles caza más rápido. No a ti, sino a los que aún permanecen en las sombras.

Noté un destello de miedo en sus ojos. Luego se recompuso.

—No lo creas. Hay muchas cosas aún que no conocen. Las más importantes. Sabemos encajar los golpes.

—¿Por qué a Candice?

—Se metió donde no debía. Verás, Pool era un engreído petulante. No era mucho lo que tenía. Que Eva Mattison era una loca asesina, un miembro de nuestro grupo, defectuosa. Y ya está. La esencia, lo esencial para nosotros no lo conocía. Y no lo conocerán ni aunque me torturen. Pero ya sé que no lo harán. Siguen las reglas de la civilización… Pero Candice era un verdadero problema. Era mucho más inteligente.

—¿Y qué fue lo que descubrió Candice? ¿Qué sabía?

—Nunca lo sabrás, Alexis. Hay dos cosas que jamás sabrás. Eso y cómo convencimos a tu padre de liderar una parte de nuestro grupo. Lo siento por ti. A menos que decidas formar parte de nuestra organización. En realidad, por eso te he citado aquí. Para invitarte a formar parte de nuestro grupo.

—Sabes que voy a decir que no.

—Solo obedezco órdenes.

Me levanté. Me di cuenta de que no podría sacarle nada más a Leonard.

De repente me acordé de algo.

—¿Por qué enviaron la nota a Myrna Mattison? ¿Qué sentido tenía? No lo comprendo.

Por primera vez vi a Leonard Blake desconcertado. No sabía de lo que le estaba hablando.

25

LLEGUÉ AL COCHE.

Me faltaba el aire en los pulmones. Eso sucedió de repente. Fue como si hablar con Leonard hubiese significado un gran esfuerzo físico. Como si hubiese estado corriendo diez kilómetros.

Me dolían las rodillas, sentía un peso en el diafragma y presión en las sienes.

Abrí la puerta a duras penas y entré. Me senté casi desmayada. Cerré los ojos. Vi a la chica, a Tiffany frente a mí. Ella sonreía. Estaba en el bosque. Su melena subía con el viento, y batía. Era como la diosa Venus, como la que pintó Botticelli. Hermosa. Pero, de repente, ese rostro angelical comenzó a tomar otra forma, como la campana del querubín. Como si el ángel se convirtiera en demonio, su faz se puso horrenda, perdió la carne sobre los huesos y estos quedaron desnudos. Pude ver las cuencas de sus ojos, los dientes.

Abrí los ojos y sentí taquicardia.

Había alguien allí, mirándome.

—Anne, ¿qué haces?

—Eso te pregunto yo a ti. Te llamaba y no me respondías. Luego llegué aquí y te vi, estabas como en trance. Tus ojos no estaban del todo cerrados. Me recordaste a Mickey cuando duerme con los ojos medio abiertos. Pero ¿estás bien?

Ella se hallaba fuera del coche. Yo había dejado la puerta abierta al entrar.

—Anne, ¿y si esa chica, Tiffany, es quien ha llevado la voz cantante todo el tiempo? Dimos por sentado que era Leonard, y no sé por qué. Tal vez seamos más sexistas de lo que pensamos. ¿Por qué el hombre siempre tiene que llevar el mando?

—¿De qué estás hablando, Alexis? —me preguntó con voz más aguda, sobre todo al pronunciar la palabra «qué».

—Pues no lo sé. Dimos por sentado que el seductor era Leonard, pero ¿y si no era así? En la antigüedad lo tenían muy claro. La seducción es de la mujer. Además, Clark me dijo que «ascendere» al final se trataba de emoción. ¿Y si Leonard está perdido por Tiffany? Además, presiento que hay cosas que se escapan. Estoy segura de que Leonard no sabía nada de la carta que enviaron a Myrna Mattison. Esa carta fue como un juego cruel, algo como «sé lo que tu familia ha hecho». No parece algo maduro. No lo sé…

—¿Y lo que dijo Yela Gildon?

—No tiene nada que ver. Ella puede creer que Leonard es un monstruo influyente y puede que en realidad lo sea, pero encontró a alguien peor, la horma de su zapato, o más. Don Juan se transformó en cordero, no es nadie ante el nacimiento de Venus…

26

No CONVENCÍ A ANNE, y no la culpo. Las ideas no estaban claras en mi cabeza. Pero presentía que iba a dar con algo importante.

Desde un principio me pareció que los asesinatos tenían que ver con algo pasional, con una emoción. Era como si la emoción se hubiese tragado el dogma, o lo racional de la oscuridad, de los Ascendere. Como si dos fuerzas se hubiesen encontrado y la encarnada hubiese vencido. Pero no sabía de dónde sacaba eso.

—Acompáñame, Anne. Quiero hablar con Tiffany Simpson —le dije.

Volvimos a entrar en las oficinas del FBI.

Clark Parker venía saliendo por una puerta. Al verme, me sonrió.

Nos detuvimos junto a él.

—He hablado con la chica, con Tiffany. Ha sido una víctima de Leonard Blake. Está destruida. Ese hombre restó toda su voluntad. Está confundida.

—Pero ella mató a Candice Shea —dijo Anne.

—Sí. Eso dice, pero yo no le creo. Lo ha dicho para complacer a Leonard.

—¿Y quién crees que mató a Candice? —Quise saber.

—Alguno de ellos. Ahora no desea hablar con nadie más. Tendrás que esperar —me dijo.

—Clark, hay algo que no comprendo. Es como si entre los dos crímenes hubiese una emoción potente, como si no se tratara solo de cumplir un rito o de asesinar personas que descubrieron algo sobre la secta. Es como insuficiente…

—Habla con ella, dentro de unas horas. Me han dicho que se los llevarán a Washington cuando terminemos con ellos. Parece que hay alguien de mucho poder allá que está muy interesado en hacer lo que a ti te parezca —me dijo.

Pensé en Sebastian y en su propuesta. Asentí.

Me dije que tal vez estaba siendo muy exigente. Habíamos descubierto cosas sobre los Ascendere y con la ayuda de Bruce, estaba segura de que descubriríamos más. Y, sobre todo, habíamos atrapado a Leonard. Habíamos resuelto el caso. Pero a pesar de eso, yo no estaba satisfecha.

Pensé por un momento que tal vez eran ellos, que la oscuridad había sembrado en mí la duda.

27

Las horas siguientes aplacaron mis dudas. Hablé con Tiffany. Tuve la misma impresión que Clark. No era ella quien dominaba. Era él. Pero, al contrario de Clark, sí la consideré capaz de matar a Candice. Noté en ella celos. Me pareció que en su cabeza podría haber estado la idea de que, al asesinar a Candice, estaba matando a una rival. Leonard era un seductor típico y más de una vez la chica debió haber resentido su coquetería con otras mujeres. Candice era una joven excepcional.

También me dije que podía ser eso lo que percibía, una pasión extra entre los asesinatos. Y nada era más fuerte que los celos.

El hecho es que antes de volver a Wichita nos dirigimos al Salón Mattison. Myrna quería vernos, a todos: A Judy, a Clark, a Anne y a mí.

Nos citó aquella tarde a las tres.

Llegamos puntuales. Además, el encuentro serviría para despedirnos. Luego nos aguardarían dos aviones para llevarnos a nuestros destinos.

Myrna nos hizo una oferta inesperada. Nos dijo que cuando necesitáramos fondos para investigar cosas que a simple vista no conducían a nada, ella estaba dispuesta a brindarlos. Se sentía culpable por su historia familiar.

—Después de todo, no está como una cabra. O al menos, es una cabra simpática —dijo Anne una vez que llegamos al *parking* del Salón Mattison.

Clark sonrió.

Vimos a Hebert Mallín llegar. Se bajó de una Harley Davidson algo descuidada. Me fijé en una pegatina de los Dodgers que destacaba en el tanque de combustible, se quitó el casco y nos saludó levantando la mano y sonriendo. Parecía estar de buen humor. Vi un tatuaje en su brazo derecho, parecía una A y una C.

No estaba de buen humor cuando hablamos con él. Pensé que tal vez ahora todo mejoraría en el Salón Mattison. Luego se acercó y le dijo a Anne que quería decirle algo. Ella se apartó un poco del grupo para escucharlo.

Clark, Judy y yo nos quedamos hablando de Bruce. Él les había comunicado que estaba haciendo grandes avances con el documento en miniatura en Irlanda, pero que le preocupaba que para la secta los objetos tenían un valor encerrado, una energía poderosa, y que temía que no habían encontrado esos objetos. «Lo primero es lo material, después vienen las ideas». Eso había dicho según Judy.

—Ha llegado la hora de la despedida —exclamó Anne una vez se desembarazó de Hebert Mallín.

Acto seguido, les dio un beso a Clark y a Judy. Yo me quedé pensando en algo en relación con Bruce Chapman, pero en ese momento no supe descifrar qué.

Luego Judy se me acercó un poco.

—He pensado en hacer algo y quería pedirte ayuda.

Voy a visitar a Alma Manning. Una tiene que enfrentar a los monstruos y mirarlos a la cara para que desaparezca la influencia que ejercen sobre una. Pero me gustaría que fueras conmigo —confesó.

Era una mujer imponente que podía parecer de hielo, pero en ese momento solo vi a una amiga que necesitaba de mí.

La abracé y le dije que con gusto iría con ella.

—Entiendo por qué Leonard escogió esa noticia. Es algo difícil de comprender, en general, para la raza humana. Ninguna especie, o casi ninguna, mata a sus crías. Es el imperio del mal sobre el bien, y que nadie me diga que no son uno lo contrario a lo otro. Al diablo con la maldita secta... —exclamó.

Nos separamos; Judy y Clark por un lado, y Anne y yo por el otro.

Escuché la voz de Clark:

—Perdona, Judy, pero no he podido evitar oírte... Y lo que has dicho no es del todo correcto. Hay animales que no solo matan, sino que se comen a sus crías...

—Madre santa..., qué pesado cuando se pone en modo *nerd* —me dijo Anne en voz apenas audible.

28

ANNE y yo tomamos el camino del bosque. El mismo por el que días antes Lexus nos había conducido al Salón Mattison.

De repente, una nube gris se apoderó de la atmósfera.

—Diablos, he dejado el móvil en la oficina de Myrna Mattison. ¡Qué tonta! Iré por él. Debe estar allí, aunque no recuerdo haberlo dejado... En fin, vuelvo enseguida —me dijo, emprendiendo el camino de regreso.

Me quedé sola, mirando los árboles. Me pareció escuchar un ruido cerca, como si alguien estuviera muy próximo.

Luego no escuché nada más.

Entonces dos recuerdos vinieron a mi cabeza.

Uno fue el chico del bar, su resentimiento. Y luego comprendí qué era lo que había recordado de Bruce. Volví a verlo diciendo que había visitado a Leonard y que no había percibido nada, pero que en él, en el otro, notó mucho resentimiento. Que era un chico que no había sabido muy bien encajar los golpes...

Lo vi claro. Estaba celoso. Esa era la verdadera razón. Y las víctimas siempre son la clave. Era ella la víctima original, la importante: Candice Shea. Él estaba enamorado de Candice y por eso la había matado. Además, estando allí, sabía de la existencia de la secta y la había copiado, tal vez. Por eso yo veía dos cosas en lugar de una. Supo de los Ascendere, pero eso le daba lo mismo. Se enamoró de Candice Shea de forma desesperada y tal vez la chica le correspondía, pero luego dejó de hacerlo, puede que por Leonard. Y entonces él ideó todo. Mató a Pool y luego a Candice. Todo había salido como deseó. Además, creó todo el preámbulo: el caballo, el perro, el zorro, las mascotas en California… La pegatina que destellaba era nueva, de cuando estuvo en California… Y el tatuaje, una A y una C…, las chicas… Amber y Cintia…

Cuando di la vuelta, fue demasiado tarde.

Hebert Mallín me golpeó fuerte en la cabeza.

29

—Ella está viva, Anne. Tienes que calmarte —dijo Clark.

Se encontraban dentro del Salón Mattison. Habían pasado once horas desde la desaparición de Alexis Carter.

—¿Cómo puedes saberlo? —preguntó Anne en tono de desesperación.

—Tranquila, Anne. Clark lo sabe —dijo Judy.

Anne asintió.

—Perdona, Clark. Es que no sé qué van a hacer con ella. Esa maldita secta…

Anne pensó en que encontraría a Alexis tal como habían dejado a Martín Pool y a Candice Shea, en esa horrible posición y con los sesos expuestos…

Unas lágrimas salieron de sus ojos. Las secó e intentó recomponerse.

Clark manipulaba el péndulo. Anne lo había hallado en el bosque, en el mismo lugar donde acudió al encuentro con Alexis, sin encontrarla.

—¿Por qué no se lo llevó? —preguntó Clark Parker, descompuesto.

Habían desplegado un dispositivo de búsqueda en toda Kansas, pero había que peinar muchas hectáreas de bosque. No sería fácil. Además, comenzó a caer una fuerte lluvia en la zona.

Anne no quería irse del Salón Mattison a ninguna otra parte. En varias oportunidades, Judy y Clark habían tenido que hacerla desistir de internarse en el bosque para buscar a Alexis.

—Deja a quienes conocen este lugar hacer su trabajo, Anne. No nos iremos a ninguna parte. Estaremos aquí contigo —repetía Judy.

—En ese momento llegaron Lilian Peterson y Sebastian Hausmann. Anne presentó a Sebastian a Judy y a Clark. Se estrecharon la mano.

—¿Quién ha podido hacer esto? —preguntó Sebastian.

—Apenas la dejé un par de minutos. Pensé que había dejado el móvil en la oficina de Myrna, pero lo hallé junto a la puerta de la entrada. Fue muy poco tiempo…

—Ya, Anne. No te culpes. No podemos perder la cabeza —dijo la forense.

En ese momento sonó el móvil de Anne. Era la jefa Charlize Tonny. Quería saber si había novedades. No había ninguna. Los segundos transcurrían.

***

Alexis yacía tendida sobre una cama.

No se hallaba en medio del bosque. Su captor había salido del bosque con ella a cuestas, lo conocía muy bien.

Ahora se encontraba a kilómetros de distancia, en el pueblo de Mayetta, en las afueras.

Allí su familia había sido propietaria de un rancho y, aunque estaba deteriorado, todavía le pertenecía. Nadie sospechaba de él. Tampoco de que se había amparado en la existencia de la secta que investigaba Martín Pool para acabar con Candice, así como también acabó con Amber Craig y con Cintia McBride.

Hebert Mallín era un asesino en serie que había sabido pasar desapercibido.

Pero Alexis tendría ayuda, sin saberlo, sin darse cuenta, tomaría un objeto que le ayudaría a sobrevivir…

30

Desperté adolorida. Tenía las piernas y los brazos afectados, y sobre todo la cabeza. Estaba en una habitación sobre una cama con una funda nórdica. Mi cuerpo estaba sudoroso. Me levanté y fui hasta la puerta. Lo hice sin pensar, porque debí saber que estaría cerrada.

Di vueltas en la habitación, que era grande y de techo alto, pero la luz solo entraba por una ventana pequeña y enrejada. Pasé una mirada rápida por el lugar. Había un refrigerador y una despensa repleta de latas, envases de jugos y cereales. Había otra puerta. Caminé hasta ella y la abrí. Había un escritorio, un tocadiscos y un mueble repleto de discos de vinilo. Sobre el escritorio, había hojas de papel y varias plumas y lápices. También un pequeño jarrón con flores de jazmín. Sentí náuseas. Había también un baño. Una vez en él, no pude vomitar, y volví a entrar y mirar las dos habitaciones. En el cuarto donde estaba la cama también había dos sillas y una mesa circular pequeña, sobre la cual había un jarrón y una rosa de tela blanca. Fui hasta la pequeña ventana y moví con fuerza el cristal. Logré desplazarlo y toqué los fríos barrotes; intenté moverlos en vano. Volví a cerrar la ventana.

Había un armario en el que no reparé antes. Llegué hasta él e intenté abrirlo. El mueble tenía unos cajones que también abrí; había lencería y productos de higiene, cremas corporales y un perfume que usaba…

«Amber».

Lo supe con solo tocar el frasco.

Otra vez una arcada me invadió. Cerré el armario y recosté la espalda sobre él.

Podría estar bajo los efectos de alguna droga. Busqué algún pinchazo en mis brazos, pero no encontré nada. Al bajar la cabeza, sentí un puntazo de dolor en la nuca y las náuseas volvieron a atacarme. Levanté la cabeza e inspiré profundo tres veces. Era mejor que me acostara otra vez para pasar el malestar y después poder idear una forma de salir de allí.

Me acosté y miré la ventana. Vi la lluvia caer y un repentino llanto me atacó. Tuve que sentarme un rato para calmarme, y cuando creí que lo había logrado, sequé mi cara. Luego volví a tumbarme y la sustancia que él me había puesto en el organismo hizo que me durmiera de inmediato. Entonces la vi, a la licaón que algunas veces visitaba en el zoológico en Wichita. La que en momentos más difíciles siempre me había acompañado. Estaba tratando de decirme algo. Tal vez estaba pidiéndome que no me desesperara.

Una voz dentro de mí me dijo:

«Eres más fuerte de lo que él cree. Finge».

31

—Amber... —dijo Clark Parker de repente.

—¿Qué has dicho? —preguntó Anne.

—Amber. Alexis está pensando en Amber. No sé quién es Amber. Ojalá lo supiera.

—¿Alguien sabe quién es Amber? —gritó Anne.

—En el caso no hay nadie con ese nombre —afirmó Judy.

—No se me ocurre nada, Anne. No es un nombre tan común... Lo he escuchado hace poco tiempo en alguna parte —dijo dubitativa Lilian.

—¿Dónde, Lilian? ¡Recuérdalo! —pidió Sebastian en voz muy alta.

—Me estaba bañando en el hotel, el televisor estaba encendido y daban una noticia de hace años. Un programa... Hablaban de Amber... de Amber Craig. Recuerdo a la chica y en realidad se parecía mucho a... Candice Shea —dijo Judy.

—¿De qué estás hablando? —preguntó Anne.

—La misma expresión, la cara, la distancia entre los

ojos y la forma de la nariz. El conjunto. No son familia, solo que el conjunto del rostro es muy parecido. Son el mismo tipo —completó.

Acto seguido, buscó algo en su móvil.

—Amber Craig y Cintia McBride. Dos mujeres asesinadas hace cuatro y dos años, respectivamente, una en California y la otra en Nueva York —dijo Sebastian—. No lo puedo creer. Mira esto, Judy —añadió y mostró la pantalla a Judy Holden, con cara de victoria.

Clark Parker se quedó observándolo.

—Es muy parecida.

—¿Es que creen que la persona que tiene a Alexis es alguien que mató a esas chicas?

—Sí. Hemos sido unos imbéciles. Él... el tatuaje... A y C —dijo Judy.

—¿Quién?

—Hebert Mallín —respondió Judy Holden.

Por un segundo lo había visto, el tatuaje en su brazo.

32

Sabía que iba a morir allí. Había permanecido muy quieta, casi inmóvil.

Me sentía muy mal. Hebert Mallín me había envenenado. Estaría esperando que muriera para decidir qué hacer con mi cuerpo. Tal vez lo dejaría como dejó el de Martín Pool y el de Candice, para que todo pareciera obra de la secta. Eso era él, un imitador. Martín Pool había sido un despiste, un daño colateral. Lo único que quería era matar a Candice.

Lo otro sí lo había hecho la secta, Leonard Blake o alguien más. Ellos siempre eran muchos, y actuaban como los perros lobos, en manada. Ahora habían obligado a Leonard a culparse de los asesinatos, porque seguro no sabían quién los había cometido. Debieron hallar a Martín Pool muerto, tal vez el mismo Leonard, y sería él quien inculpó a Eileen. Al no saber quién había copiado el rito, la posición del *Hombre de Vitruvio*, las piedras, pensaron rápidamente en culpar a alguien. Ya habían presentido la debilidad de Orla y, de hecho, por eso la mantenían cerca, y por eso Leonard había comenzado a abonar el camino para en caso de ser necesario contar con un chivo expiatorio: Eileen era perfecta para ese papel. Y todo eso lo hicieron porque en el fondo saben que su grupo está fracturado, que el mal en sí mismo no puede permanecer unido para siempre, que comienzan las rivalidades, las luchas por el poder. Debían presentir que la muerte de Pool la había cometido alguien de dentro que quería atraer la atención al estar descontento con el liderazgo actual. Un traidor. O simplemente alguien convencido de que debían salir de la oscuridad después de tantos siglos y darse a conocer.

Pero no era nada de eso, era un imitador con otros objetivos. Uno que descubrió cosas de la secta, en el Salón Mattison, y que debió dar con escritos descriptivos de los ritos, las piedras y el cercenamiento del cráneo. Incluso debió dar con el instrumental quirúrgico para ello. Tal vez el mismo Pool le habló sobre eso. Un imitador movido por una de las emociones más antiguas, puede que la primera: los celos, un amor descompuesto, adulterado.

La misma emoción que afligía al chico del bar…

En ese momento, escuché que la puerta de la habitación se abría.

Escuché los pasos de Mallín. Se acercó a mi cara. Estaba comprobando si estaba muerta.

En ese momento tuve que darlo todo, era eso o nada, mi única oportunidad. Había luchado conmigo misma para no dormirme, para no desmayarme.

Clavé la pluma en el cuello de Heber Mallín.

Sentí odio, rabia al hacerlo. Me había hecho pasar mucho miedo.

«No es el odio, Alexis, es la justicia y la vida».

Era la voz de mi madre la que hablaba dentro de mí. La reconocí.

Hebert cayó hacia atrás y llevó sus dos manos al cuello. La sangre salía a borbotones. Yo no tenía fuerzas para levantarme.

Entonces sentí sus manos en torno a mi cuello.

—¡Perra! —gritó.

Supuse que era lo último que oiría.

No podía respirar.

La maldad asfixiante, recordé. Pero no era la maldad de los Ascendere, al menos no organizada. Entonces me dije que era la misma maldad, aunque Mallín no formara parte del grupo. Era la misma, porque el odio es uno solo, así como el amor.

Mi madre estaba en mi cabeza y sonreía. Me consolaba aunque estuviera quedándome sin aire, a pesar del dolor.

—Alexis…, Alexis. —Escuché.

Ya no sentía las manos del asesino en mi cuello.

Era Anne quien me hablaba.

Me habían encontrado.

33

Nos HALLÁBAMOS en el bar del hotel, intentando comprenderlo todo.

Lo que Mallín puso en mi sangre era una toxina con la que también había envenenado a Amber y a Cintia, pero al saber el veneno, se sabe el antídoto. Eso había dicho mi amiga Lilian, y tenía razón.

Aún me dolía un poco la cabeza, pero iba a recuperarme.

Anne tomaba un *gin* y los demás cerveza.

Yo preferí solo agua con gas y limón.

Sebastian nos acompañaba. Desde que me rescataron no se había apartado de mí ni un segundo.

Hebert Mallín no había confesado el crimen de Pool ni el de Candice. Tampoco el de Amber ni el de Cintia. No había pruebas que lo inculparan del asesinato de Pool ni de Candice, pero iría a prisión por lo que había hecho conmigo, y porque sí hallaron pruebas incriminatorias de los asesinatos de Amber y Cintia. Concretamente, unas fotos de las chicas muertas.

—Todavía no entiendo cómo nunca estuvo en el radar de las sospechas de esas muertes. Es que no me lo creo —expresó Anne.

—Es como un camaleón. Se mimetiza, cambia de color, de pigmentos. Pasó delante de nuestros ojos. Culpábamos a los Ascendere —respondió Clark.

—Incluso pasó desapercibido para ellos. Y Leonard Blake continuará inculpándose. También Tiffany. Hay como un poder superior al cual obedecer —dije.

—Y es por eso que deseamos que se encarguen de terminar de destruirlo, bajo tu mando —afirmó Sebastian y me miró.

Todos callaron.

—Hay tres cosas que no entiendo todavía. ¿Cómo hizo Mallín para matar a Candice si se supone que tenía vigilancia?

—He pensado en eso y tampoco lo entendía. Hasta que vi su casa. Se encuentra en un zona arbolada a las afueras de Delia, que se conecta con el bosque. Creo que la casa debe tener una salida subterránea. Los chicos de vigilancia no podían saberlo —dijo Clark.

—Ni tampoco nosotros —se quejó Anne—. La otra cosa es si en realidad la secta había captado a Johana Fischer.

—Sí. Captan gente bajo la lógica del chantaje y del miedo a la consecuencias de sus actos —respondió Sebastian.

—¿Y la tercera? —pegunté.

—La he olvidado —se limitó a decir y luego sonrió.

Todos reímos.

—Yo sí tengo una inquietud. ¿Dónde diablos están los perros que Alexis y yo vimos y quiénes son sus dueños?

—Me parece que son perros del bosque. Más lobos que perros, por cierto. Pero tengo que investigar más.

—¡Vaya! Lo importante es que detuvimos a un asesino serial y al menos dos de los miembros de la secta están bajo prisión. Hemos hecho justicia, y eso es lo importante —dijo Judy.

En ese momento, sonó el móvil de Sebastian y Clark me dijo que debía decirme algo importante. Me pidió que saliera con él afuera.

Haría lo que Clark me pidiera. Era como parte de mí, por la conexión que teníamos. Gracias a ella me habían encontrado. De seguro quería devolverme el péndulo. Esa era otra prueba de que Mallín no pertenecía a la oscuridad, cualquiera que perteneciera no hubiese dejado el péndulo en el bosque. Era valioso.

La mente de Clark y la mía, nuestra empatía, estaba sintonizada a un nivel increíble.

No podía quejarme de mi vida. Tenía un sentido, una dirección, y estaba acompañada de un grupo que buscaba lo mismo que yo.

Tal vez fuera eso lo que me distinguía de la oscuridad, quizás fuera esa la verdadera diferencia entre el bien y el mal: la certeza de contar con amigos.

Estaba segura de que ellos nunca tendrían eso.

34

—¿Qué haremos ahora que Alexis y Anne tienen el apoyo de la DEEM? —preguntó Juliet Rice a Sebastian Haussmann.

—No te preocupes... Esta vez nos han ayudado a deshacernos del imitador. Y Leonard no hablará. La chica tampoco. Todo ha resultado bien. Además, ella está empezando a sentir la rabia crecer dentro de sí. Sabes que ese es el origen.

—¿Y lo que tienen?, ¿lo que han hallado?

—Solo los escritos, no los objetos. Lo superaremos.

—Ese chico Clark te dio la mano. Es muy perceptivo —añadió Juliet.

En ese momento, Sebastian tuvo la visión de que Parker iba a alertar a Alexis sobre su verdad.

—Sebastian..., Sebastian —dijo Juliet.

—Está bien. Háganlo —ordenó él.

Alexis y Clark acababan de salir del bar.

A los pocos minutos, se escuchó un disparo.

FIN

NOTAS DEL AUTOR

Espero hayas disfrutado la lectura de esta novela.

Si te gustó mi obra, por favor déjame una opinión en Amazon. Las críticas amables son buenas para los autores y los lectores... y un estudio reciente (realizado por mi persona) también indica que escribir una opinión positiva es bueno para el alma 😊

¿Sabías que ahora también puedes disfrutar de mis historias en audiolibros? Te invito a gozar de esta experiencia con mi relato *Los desaparecidos*. Escúchalo **gratis** aquí: https://soundcloud.com/raulgarbantes/losdesaparecidos

Puedes encontrar todas mis novelas en mi página web: www.raulgarbantes.com

Finalmente, si deseas contactarte conmigo puedes escribirme directamente a raul@raulgarbantes.com.

Mis mejores deseos,
Raúl Garbantes

amazon.com/author/raulgarbantes

goodreads.com/raulgarbantes

facebook.com/autorraulgarbantes

x.com/rgarbantes

www.ingramcontent.com/pod-product-compliance
Lightning Source LLC
Chambersburg PA
CBHW031436240626
471154CB00001B/281